云上六万公里

张昕宇　梁红 著

湖南文艺出版社

·长沙·

© 中南博集天卷文化传媒有限公司。本书版权受法律保护。未经权利人许可，任何人不得以任何方式使用本书包括正文、插图、封面、版式等任何部分内容，违者将受到法律制裁。

图书在版编目（CIP）数据

云上六万公里 / 张昕宇, 梁红著 . -- 长沙：湖南文艺出版社, 2024. 10. -- ISBN 978-7-5726-2123-9

Ⅰ . I267

中国国家版本馆 CIP 数据核字第 2024DM6575 号

上架建议：畅销·文学

YUN SHANG LIUWAN GONGLI
云上六万公里

著　　者：	张昕宇　梁　红
出 版 人：	陈新文
责任编辑：	匡杨乐
监　　制：	于向勇
策划编辑：	王远哲　王子超
文字编辑：	赵　静　刘　盼
营销编辑：	张翠超　秋　天　黄璐璐　时宇飞
封面设计：	利　锐
版式设计：	鹿　食
内文排版：	谢　彬
出　　版：	湖南文艺出版社
	（长沙市雨花区东二环一段 508 号　邮编：410014）
网　　址：	www.hnwy.net
印　　刷：	北京嘉业印刷厂
经　　销：	新华书店
开　　本：	875 mm × 1230 mm　1/32
字　　数：	250 千字
印　　张：	9
版　　次：	2024 年 10 月第 1 版
印　　次：	2024 年 10 月第 1 次印刷
书　　号：	ISBN 978-7-5726-2123-9
定　　价：	58.00 元

若有质量问题，请致电质量监督电话：010-59096394
团购电话：010-59320018

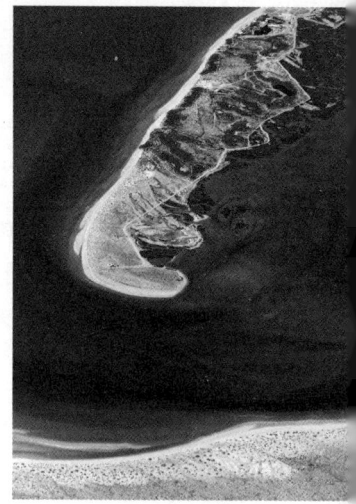

目 录 —— CONTENTS

前　言 ── 在地连理，在天比翼　　　　　　　01

第一章 ── 大兴安岭的学生

蛰伏加格达奇　　　　　　002
兴安岭晚星　　　　　　　006
飞行特训二人组　　　　　010
一盆冷水　　　　　　　　014
"超级白"变形记　　　　　017
风雪饯行会　　　　　　　023

第二章 ── 出发，环球飞行

出发前的"遗书"　　　　　028
飞行初体验　　　　　　　033
"多谢机长不杀之恩！"　　038
记忆中的灯塔　　　　　　044
油泵崩了！　　　　　　　049
连锁反应　　　　　　　　054

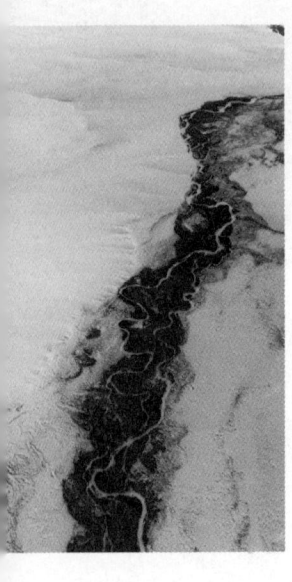

第三章 —— 世界的尽头

抵达"世界的尽头" 060
风雪夜行无人区 063
飞渡埃索 068
驯鹿风暴 072
荒原上的"百万富翁" 075
积冰危机,加速俯冲 079
接二连三,卫通故障 086

第四章 —— 你好,北美洲

奔向远东 092
折叠白令海 095
第一次夜航 100
"再见"安克雷奇 105
飞机上的阿拉斯加 109
雪地飞行训练 113
北京遇上西雅图 119

第五章 —— 美墨风云

跨越积雨云 124
"带你去摸云彩" 130
边境墙下的双面人生 133
陨灭的"美国梦" 137

| 惊魂圣卢卡斯角 | 141 |
| 追赶日落 | 145 |

第六章 —— 沦陷拉丁美洲

第一次起飞失败	150
运-12哥斯达黎加老乡会	155
跨越20年的"超级白"奇缘	158
闪电夜行,再回南美洲	161
安第斯缉毒部队	167
瓦哈卡山谷行动	171
"我们为世界而战!"	176

第七章 —— 飞越大西洋

极夜将至,错过南极	180
"横行"加勒比海	183
三过赤道,燃油告急	188
大西洋,我们来了	193
跨越天堑前的准备	198
DIY油泵	202
生死大西洋	207
老天爷送风来了	213

第八章 —— 穿越非洲

沙漠风暴	220
消失的落地许可	224
"在非洲,一切皆有可能"	229
钻石的血与泪	234
天上的"幻觉"	240
非洲速递	244

第九章 —— 回到亚洲

这么远,这么近	250
错过的月亮	256
最后,最后的最后	261
给副驾的情书	264
"我们到中国了!"	267
"欢迎回家!"	271
"超级白"的归宿	275

前言
在地连理，在天比翼

每次抬头看向天空，我仍会有种身陷云雾、翱翔其中的感觉。

那还是2017年的故事。自驾国产飞机环球飞行，这又是一次"万人"阻挡的行程。

这一次不是临时起意，而是源于在我和梁红两人的心里埋了很久很久的种子。以前还在忙于生意的时候，我们其实每个月有三分之二的时间都在天上飞，是名副其实的"空中飞人"。

透过头等舱看窗外，我始终觉得云雾模糊。纸上得来终觉浅，绝知此事要躬行；我曾在飞机上指着前面的驾驶舱，小声对梁红叨咕："赶明儿咱们自己弄架飞机，咱们自己开，我带你摸云彩去。"

当年说这话，或许只是一次随意的嘴炮儿式浪漫。但是多年后，我们真的换了个活法儿，开始了"侣行"之路后，我就认真地琢磨起来，我们要圆了这个事儿。

特别是2014年的春天，我们在"彩虹国度"南非，挑战中国人在这里的首次氦气球飞行。我乘坐着五颜六色的气球，自由地飘荡在蓝天之上，来了一次极致的飞行体验。

那是我终生难忘的一次体验，只是在落地之后看到迎上来的梁红，我心里倒是生出了一丝歉意。这些年无论去哪儿、做什么，我们俩都是在一起的，但是因为这次氦气球飞行有较大的危险，所以当气球带着我在天上飞的时候，她只能坐在救援直升机里，远远地为我做着安全保障。

就是从那会儿开始，那颗曾种在心房角落里的种子发芽了。我得和梁红一起，并肩飞一次。

在地连理，在天比翼。

这次我们想玩儿一次大的，要飞就来一次环球飞行。我们查了资料，从1924年第一次单引擎飞机完成环球飞行至今，世界上只有350多个成功案例。也就是说，地球上完成过环球飞行挑战的人，比登上珠穆朗玛峰的人都少。而且，中国人驾驶国产飞机完成环球飞行这样的纪录，仍是一项空白。

我对梁红说："咱们来把这个空给填上吧。"

前 言
在地连理，在天比翼

随后，我们便着手认真准备这个事儿，一边学习考飞行执照、研究飞行路线，一边找一架能够入手的国产飞机。

这个计划公开后，一如我们当年要垂降马鲁姆火山，以及准备开着帆船去南极一样，许多人说这事儿不靠谱，根本不可能做到；包括很多相关领域的专家，我们在找到他们寻求一些专业的建议时，他们看完我们的计划，都一致地摇头，说"这事儿不可能""不太现实""这是在找死""没有意义"……

几乎所有人都认为这事儿不可能做到。结果无非两种，要么中途放弃，要么就死在途中。

梁红当时对我说了一句话："不怕万人阻挡，只怕自己投降。"

在曾经走过的路途中，在马鲁姆火山上、在亚马孙雨林里、在茫茫太平洋上……梁红都会劝我停下来想清楚，是不是真的要去做。这一次她没有，而是给了我心里兜底的信心力。她知道，这不是一件非做不可的事情，只是一旦心里那个小树苗种下了，我们就得想方设法努力去实现，否则余生皆有不甘。

还是那句老生常谈，明天和意外我们不知道哪个先来，以及曼德拉的那句名言："所有事情在被完成前，都被认为是不可能的。"

走到今天这一步，我们已经做到了许许多多曾经的"不可能"，这些过往的经历，既生成了我们去挑战更多不可能的信心，也生成了我们性格里"一念既出，万山无阻"的特质。

这一次，我们一定要飞。

第一章

CHAPTER 1

大兴安岭的学生

蛰伏加格达奇

兴安岭晚星

飞行特训二人组

一盆冷水

"超级白"变形记

风雪饯行会

蛰伏加格达奇

2015年秋天,结束了自驾穿越中东之行后,我和梁红在朋友圈里"消失"了一段时间。

在战区亲历了那些生死和残酷,全程从新奇、震撼、无奈、无力到失语之后,我们的内心都受到了极大的涤荡和震撼。哪怕回国后进入和平安宁的环境里,我们仍是久久走不出来,心理一直处在一种极度压抑和忧郁的状态里。

这个世界太大,处处不平等,我们会听到或看到太多别人的生活和故事,我们总想为之做点什么,可是在很多时候我们似乎又什么都做不了,继而陷入一种自责的无力感里,眼前满是迷雾。

经历了一段时间在迷雾中的挣扎,我们终究还是走了出来。无能为力的另一面,是力所能及。此时此刻我们能做到的,便是过好自己的生活,在当前的道路上继续走下去;并相信这些年我们做的那些事儿,其影响力和能量场是始终存在的。我们当然没法儿改变全世界,我们只能尽力将影响力和能量场辐射得更远。

我对梁红说:"咱们该把心里环球飞行的这棵小树苗搬出来浇浇水了。"

朋友关心地打电话问:"你们没事儿吧?全网没你们信儿,线下也见不着人,怎么这么消停呢?"

我卖了个关子,没言明我们到底在干吗,就回答说在闭关呢,让他放心,我们好好的,到时候再轰轰烈烈地开拔上路。

一直在五湖四海满世界"折腾"的我们,当然消停不下来。我们躲到了茫茫的大兴安岭里,在加格达奇区成了中国飞龙通用航空航校里的两名学员,开始学习飞机驾驶,做训练,拿飞行执照。

其实我不算是个飞行新手,早些年的时候,我在南非考取了直升机的飞行执照,也租飞机体验过空中翱翔,但是要么是坐在副驾上体验,要么就是在小范围的飞行场地里溜达。这次我们挑战环球飞行的伙伴,是中国第一款拥有自主知识产权的运输机——运-12;而且这趟得我自己坐在驾驶位上了,场地是整个地球上方的天空。

想拿到运-12的飞行执照,可就比拿直升机的难多了。

在重新当回学生的日子里,那折腾劲儿,可不比我们在路上的时候轻松。

首先就是我们得与时间赛跑。

我们这次的自驾环球飞行计划里有一个很重要的节点,就是飞抵南极点。在南极进入极夜前,我们必须到那儿。刨去出发前的准备工作,以及我们从中国自驾出境,飞越远东、白令海、北美洲、中美洲、南美洲,一直到抵达阿根廷的路上所消耗的时间,这也意味着,我们只有5个月的时间来"完成学业"。

航校的老师和教官听完我们的行程安排,直摇头说这完全不可能,没谱的事儿。"咱们航校有史以来,别说有人有这样的要求,连这样的想法都没人有过。"

按照正常的课程和训练安排,我们想拿到运-12的飞行执照,得先完成五种机型的小飞行器的飞行课程。

"运-12是个较大型飞机,必须先进行DA40单发动机飞机的训练、塞斯纳-172特技飞行训练、仪表等级的训练、DA42多发动机飞机的训练。在完成这些训练之后,我们才能进入运-12的飞行训练阶段。而一般学员光学前面那些,就得两年。"

"您就甭拿我们当一般人,课程加时,训练加量;只要教官您愿意教,我们就愿意学,也能顶得住。"我央求航校。老师估计也是头一回遇着学生求着拖堂、补课的。

中国人自驾国产飞机的第一次环球飞行,这是件大事儿。收了我们俩这么特殊的学生,航校研究讨论之后,表示愿意配合我们的日程要求。这意味着我们要经受超其他学员五倍的学习密度和训练量。

剩下的就是我和梁红俩人,得把自己的弦绷住了,把身体和心理都得往极限里逼。

在快40岁的年纪,我和梁红俩人又拎上了小书包,穿上了校服,变成了学生。

兴安岭晚星

飞行是个精细活儿，一点儿都马虎不得。车坏了可以停在路边，船抛锚了就在海上漂着，可是如果飞机在天上出故障了，那就是空难。

兴趣和梦想果然是人学习的最大原动力。虽然起初我知道学习飞行会很难，但仍没料到会精细、复杂到这个地步。我从小就对航空飞行有兴趣，相当于很早就入了门，这会儿捡起来，只能说上手顺利，再往前一步就完全是新的开始。

全新的名词，从未见过的机械构造，与开车、开船完全不一样的操控系统。我们还要学习看懂气象图，会说专业的国际航空英语口语，以及掌握各种烦琐的地面程序。

这些还只是我们坐在教室里，要塞进脑袋里每一个记忆回路的理论课程。教室之外的飞行训练，则需要我们从摸索、熟悉，直至熟练到下丘脑的神经元条件反射和肌肉记忆同步。

第一章
大兴安岭的学生

工欲善其事，必先利其器。当年开帆船的时候，我在"北京号"帆船上泡了3个月，摸清楚了它的每一个线头、每一处接缝。这次面对比帆船更为复杂的飞行器，我也必须得明了它的每一颗螺丝、每一寸铁皮。

在成为一个合格的飞行员之前，我必须先成为一个优秀的飞机机械师。

我们虽然还未开始独自起飞的征程，但是可以预知将会在飞行中遇到的各种特殊情况。我们就先不聊那些特殊天气和可能遇到的机械故障了，就聊纯驾驶操控技术层面，摸飞机操纵杆和摸汽车方向盘也完全不一样。不是熟悉或熟练就可以了，而是必须精准、精确。手搭着飞机操纵杆的每一分，甚至每一秒，我都必须保持精神和肉体的双重全神贯注。

空中作业也和在地面上开跑车是两个概念。抛开完全不是一个维度的心理压力，身体上要承受的操纵推力、平衡颠簸、失重等，都是非常大的考验。

飞行训练，人全程都得保持高度紧张和专注。而一个人每天都保持精神高度紧张的时间是有限的，否则那种身心的疲惫感会几何级增加。正常情况下，飞行学员每天的飞行训练时间，都不会超过3个小时，他们飞完得去休息，然后回味全部的技术细节和操纵感觉。但是在我们这儿，每天得飞6个小时以上。休息就免了，用实操代替回味。

完全掌握了所有的理论知识，熟悉了飞行器的每一个零件和操控系统，熟练了每一个驾驶技术动作之后，就是无数次地重复，重复再重复，提高，提高再提高，力求掌握每个动作，精准操控。飞行员在天上，每一次的精神紧张感都是一样的，它并不会让人感到枯燥，反倒是身体和心理的压力会将人一次又一次地推到濒临崩溃的极限。

作呕、反胃、短暂的眩晕、浑身麻木……这些身体濒临极限的红灯警报，几乎每天都会在我们身上"响"几次。

那段在北国丛林里的日子，我们完全过得没日没夜。睁眼就是在学习，闭眼脑海里仍在回堂，甚至梦境里还在模拟飞行。

我们在航校附近租了个房子，每天睁开失眠严重的睡眼，强行抖擞起精神去训练，到骨头散架了再披星戴月回来。在沙发上瘫一小会儿，我们俩连说话的力气都没了，全靠眼神交流。稍稍缓过劲儿来就继续"开夜车"，我这边开始复习功课、看气象图，梁红在边上看航路图、练口语。

到实在撑不住了睡觉前，我就会打开电视，看一集加拿大cineflix出品的系列纪录片《空中浩劫》。这个系列的片子以模拟的方式，重现了人类航空史上诸多的空中事故和灾难。

起初梁红还不解："看这个多晦气啊，兆头不好。"

我说："咱们就是得多看看这个，看看那些发生过的事故，前人犯过的那些错误和产生的失误，以及那些发生过的故障。这些沉痛得触目惊心，是经验也是教训，更能提醒以后咱们自己飞的时候，需要防微杜渐的方方面面。"

　　大兴安岭的晚夏，夜间已经微凉。我躺在床上撑着沉重的眼皮，透过窗户看向天空，见远方的几颗星星在夜空的边际闪烁。我对枕边已经闭上眼睛将要入梦的梁红说："睡吧，熬过这段日子，毕业了，拿证了，我带你去天上看星星。"

飞行特训二人组

梁红飞吐了。

连续几个月的高强度学习和训练,我全凭着处女座的认真劲儿在撑着。那天一次飞行训练下来,梁红先是如往常一样一丝不苟地做落地检查,然后突然快速地从驾驶舱钻到后舱,胡乱翻找了个塑料袋兜住嘴巴——她终于飞吐了。

她趴在那儿"哇哇"一顿呕,我关切地跑过去,边帮她拍后背,边问她怎么样,还撑不撑得住。

过了一会儿,她终于从嘴边挪开塑料袋,满脸憋得通红,眼泪都给呛出来了。她很快就挤出一个笑脸,说:"我没事儿,回驾驶舱,接着练。"

直到很久以后,我们当"梗"聊起这个事儿,我问梁红当时是怎么撑下来的。她格外平静地说:"既然做这件事情是我们的梦想,那我们自个儿就必须内心无比强大,并且无怨

第一章
大兴安岭的学生

无悔。"

这就是我媳妇儿。

几个月的超负荷学习和训练,虽然让人身心俱疲,但是我们整个人似乎也已经脱胎换骨。虽然还未到毕业那一刻,但是在心理上、日常操作上,我们已经都有了自个儿是个专业飞行员的认知。

每天花六七个小时泡在飞机上,累并快乐着,我们一点儿也没觉得腻。在这段时间里,我们俩除了彼此,爹亲娘亲都没有这些个带翅膀的大铁疙瘩亲。

拿到运-12的飞行执照确实不容易。虽然我把自己的课程和飞行训练压缩到了5个月,但其实完成前面几种小机型的学习和训练,我和梁红只用了2个月,而在学习驾驶运-12上,我们差不多花了4个月。

运-12比我们之前驾驶的那几种小飞机复杂太多太多了。之前的飞机,都是Garmin 1000系统全数字化驾驶舱,比较智能,操控起来相对轻松。而运-12的驾驶舱,只有传统的仪表盘加两个Garmin 430导航系统,没有任何的数字化系统,只剩下一眼数不清的仪表盘、手动按钮、开关……完全没有自动驾驶系统,需要全程手控。

地平仪、高度表、空速表、地速表、油表……光发动机仪表盘就有十个……我当时就有点儿蒙。这意味着在天上的时候，我们必须得时刻盯着这些仪表盘，随时监控着高度、速度、飞行姿态、发动机状态等。这会儿我不想说三头六臂了，就恨自个儿没能长八只眼睛。

  本身就是个机械控的我，等蒙劲儿过去，面对这些"新鲜"的操控系统和仪表，就只剩下满脑子的求知欲了，只想尽快把它们弄个门儿清。我对教官开启了"蓝猫三千问"加"十万个为什么"模式。

  "涡轮发动机是不是比活塞发动机启动节省时间？"

  "这个钮是干吗的？先复位再启动？"

  …………

  运-12的教官第一天就被我弄得有些崩溃。我也顾不上去体谅老师傅了，一边喋喋不休地问着，一边在脑海里记笔记，并迅速消化。

  花些时间摸熟了驾驶舱，之后我开始飞行训练。

  在很长一段时间里，我们只练两个步骤：起、落。

  我们在跑道上启动，起飞，在天上盘一圈马上降落；然后再起，再落。无数次的重复。

  运-12的操纵杆，一次的推力大约是十斤。一天六个来小时练下来，我和梁红手臂推动的重量得有一千来斤。下了课，我们俩的手臂完全没法儿随着步子甩动了，全程是垂直耷拉着的，真是一点儿劲儿都没了，毫无知觉。几天下来，我们在洗澡的时候看着明显粗壮起来的胳膊,不知道是练出了肱二头肌,还是推肿了。

"等你们练完了运-12,其他的飞机就不用发愁了。"教官说。

一盆冷水

我的第一要务,始终是把大伙儿带出去,活着带回来。

我们可以预料到的是,未来的环球飞行途中会遭遇恶劣的天气,会经历跨昼夜飞行的航段,会遇到需要极限飞行的情况,还会有非常规的起飞和降落、大坡度的盘旋、极速的俯冲和拉升,等等。

我们航校生活的最后也是最危险的课程,便是极限飞行、应对复杂气象的训练和夜航训练。

《空中浩劫》告诉我,在遭遇恶劣天气的时候,40%的飞机都难逃厄运。天有不测风云,浓积云、积雨云、雨、雪、雷电、雷暴、强气流等"空中杀手",一旦遇到了,飞行员必须拥有特情飞行和极限飞行的技能和心理抗压能力。

那是一段没日没夜的日子。白天做极限飞行训练,大坡度盘旋、急速跃升或俯冲,在极限处再拉升。这些在平时看来似

第一章
大兴安岭的学生

乎是飞行特技表演的动作，实际上我们也必须掌握。

而晚上的夜航训练，在一定程度上我们成了盲人摸象。飞机之外一片漆黑，什么都看不见，我们失去了所有的参照物。对地平线的感知，以及方向感、基础感官，这些全都是不准确的。在这种情况下，我们只能够完全相信仪表，紧盯着所有的仪表盘，保持好飞行高度、速度、姿态。

在第一次没有教官在旁边，顺利完成单飞之后，我就像修炼者度了个劫；一下子在心态上就蜕变了，觉得自个儿可以马上去机库提一架飞机上路了。

我还在兴头上，龚校长把我们俩领到停机坪，所有的教官和一些"同学"各端着一盆水列队站在那儿。

我刚卸下的紧张劲儿，马上又提了上来，在心里发问，这阵势是要干吗？

"组织大家洗飞机？"我在心里嘀咕着。也有可能，这些天飞机把我们折腾得够呛，我们把飞机也折腾得不轻。那可是我们的生命伙伴啊，是得给洗得干干净净的。

正想着，一盆冷水朝我兜头而来。我还没反应过来招架，无数盆水都朝着我泼洒了过来。"我是谁？我在哪儿？我要干吗？"人生三问，我完全蒙了。

从头到脚，瞬间我就被浇了个透心凉。北国秋天的冷水，真的是刺骨凉。我抹了把脸，捋了捋湿透的头发，看着大伙儿；大伙儿也笑哈哈地看着我，齐声说："恭喜成功单飞。"

"这是我们航校传统的庆祝单飞成功的仪式。"龚校长说，"泼水的意义，不是庆祝学员以后可以单飞了，而是要给你浇一盆冷水，告诉你要冷静下来。希望你以后的每一次飞行，都要像第一次飞一样沉着、冷静、谨慎、小心。"

"谢谢，谢谢！真是一份十分特别的礼物。"我也哈哈笑着，聆听着教官的嘱咐。

由夏入秋，我们的飞行训练课程也几近完成。

这几个月在飞龙航校里，我和梁红俩人学会了夜航、应对复杂天气，驾驶单发陆地、多发陆地、活塞式发动机、固定翼飞机，根据仪表飞行等多种技能；经过没时没点儿的训练，我们也终于提前集齐了700个小时的飞行经验。

"才5个月，这事儿说起来有点儿随便，又有点儿不可思议。您二位是咱们航校有史以来——也可能是中国航空史上，最快完成学习和训练，拿到运-12飞行执照的学员。恭喜张昕宇，恭喜梁红，恭喜二位。"

在航校的校长龚全对我们说出这番话的时候，梁红和我紧绷了五个多月的神经突然间就松弛了下来，我们不约而同地呼了口气，微笑着看向彼此。

"咱们毕业了。"

"超级白"变形记

这个"老伙计",是一架名副其实的功勋机。

在去飞龙航校当学生之前,我们在北京做环球飞行计划的时候,第一步就是找飞机,我们选中了运-12这款飞机。

为什么是它?

我们这次挑战环球飞行,对飞机有一个先决条件:中国制造。世界环球飞行史上的350多个成功案例里,没有一架是中国飞机。而运-12,是中国历史上第一款拥有自主知识产权的飞机。

所以,必须是它。

经过多方搜寻、联系,我们在"哈飞"——哈尔滨飞机工业集团,找到了一架。它静静地停在机库的一角,已经有些落灰了。工作人员说自打他来这儿工作,这架飞机就在这儿了,退役,或者说报废有些年头了。

经过了解，我们得知这架运-12，原注册号为B-3804，生产于1985年，比我小不了几岁。更为神奇的是，这架飞机曾经参与执行罗布泊科考、塔克拉玛干沙漠科考等任务，是一架名副其实的共和国功勋机！

在那一刻我就下定了决心，就它了。它够"根正苗红"，经历够传奇；当然还有一个原因，它没那么贵，我能买得起。

我在机库里轻轻地抚摸着它，乍看觉得它只是一架普通的退役飞机，还是老破旧，等了解了它的过往征程后，瞬间便觉得机身闪耀着往日的荣光，熠熠生辉。那会儿我就在心里发了一个愿，我要和它一起冲上云霄，重返天空，并一起去书写一个新的国家纪录，让这架承载功勋的飞机，变成传奇。

"起死回生。"我用了这个词来形容对B-3804这架报废老飞机的全方位改造。

和工程师一起，我们把整个飞机都拆了。两个翅膀拆离，发动机、螺旋桨、方向舵、襟翼等全部拆离。最后机库里就剩下只有机身的"机棍"和上千个零件。

然后，我们对所有的关键部件，做磁粉探伤、超声波探伤。一架飞机的机械设备上，没有一个无关紧要的零部件。虽然机械事故导致航空事故的占比很低，只有10%左右，大多数航空事故都来自人为事故，但是一旦发生机械故障，那这场航空事故大概率是无法挽救的。

对于全方位改造这件事儿我必须严苛，每一个零件的清洗、除锈、无损探伤，我都必须亲自参与和确认。包括每一颗螺丝的轻微划痕、每一个连接点和结构性部分的加固程度，我都得自个儿上手确认。

这着实是一个大工程，从全飞机拆卸到检查、翻修、更新，我们几乎是再造了一架飞机，费时、费力、费脑、费钱。

功夫不负有心人。翻新的发动机重新塞进飞机机身的那一刻，我感觉就跟家里盖房子上梁似的，这下算是齐活儿了。B-3804又活过来了。

除了飞机本身的机械和结构性的检查、翻新，还有个事儿我得解决。运-12这款机型的极限飞行航程，是1340公里，而B-3804这款老年机，极限航程也就1200公里左右。但是我们这趟环球飞行的航程里，有好几段航线都超过了1600公里；计划中的跨越大西洋的航段，更是达到了2700公里。

这个事儿该怎么解决？我只有一个方案：加副油箱。

把机舱里的座位全给撤了，加装两个副油箱进去；每个油箱装700公斤的航空煤油，两个油箱装1400公斤，这能够保证我们的单线航程多飞出去1200公里。

热火朝天地把这事儿干完，工程师提了一个新问题：

"这飞机最大载重5.5吨,这俩油箱一下子多出来1吨多的重量,飞机载重6吨多了。飞机撑不住啊,肯定不行。"

我一下子蒙了。超重起飞,对飞机的起落架和一些承重结构会造成很大的伤害,搞不好刚起飞就得栽跟头。我们似乎陷入了一个悖论里,想延长航程就得加油箱,满油飞机就超重了,飞不了。

工程师们也犯了难,这事儿似乎无解。

"这就闹心了,咱们这么久的努力,就白费了吗?"那几天,我心急如焚地围着飞机转悠,彻底抓了瞎。

"拆,拆飞机。在符合法律法规的前提下,给飞机完全地、彻底地减重,腾载重和空间给副油箱。"

重新装上没多久的飞机,我们又重新拆。

后舱所有的座椅都拆掉,把厕所撤了,隔音层都去了,冷暖系统也不要……后舱不太重要的非结构性部件,全拆了。拆这儿减个10公斤,卸那儿又减个5公斤。

"您可要想好,把这些部件去了,后面飞的时候上厕所啊,后舱人员安置啊,超级大的噪声啊,在天上冷到零下30摄氏度或热到60摄氏度的温度啊……这些情况你们怎么应付?"工程师又提出了一系列新问题。

我说:"这些我都有招儿。没座椅就带小板凳或者坐舱底板上,上厕所要么憋着,要么用塑料袋解决;戴耳机能稍稍减噪；冷暖系统的问题，零下30摄氏度到零上60摄氏度，咱们就加衣服或脱衣服处理吧。这些都在能承受的范围内。"

工程师和几个朋友都无语了，向我竖了个大拇指。

如果说做这些只是给飞机脱了件衣服，那接下来拆的部件，就是割肉减肥了。

两个副油箱每个都得配两个油泵，一个主打，一个备份，这俩备份就多出来6公斤。我想要把这12斤也给抠出来，工程师不忍心了，说这个备用油泵是保险用的，建议留着。

"咱们这样操作可不可以？"我说，"咱们用一个油泵给俩油箱加油，这样不还是留着一个备用泵做保险吗？"

工程师愣了，还能这么操作？

然后，我还对地平仪下手了。B-3804上装配的还是老地平仪，老旧、笨重，换个新的能轻十几公斤，但是买个新的得花几十万。我一咬牙："换！"

除此之外，我还对所有随行的人员提了建议："这几个月大伙儿都憋一憋，少吃点儿肉，都减减肥，回来我再招呼大伙儿吃大餐，给你们补回来。"我咳了咳，接着说，"前面这是建议，下面这可就是死命令了啊。每个人的行李配额，是7公斤，不准超了。"

强制委屈完大伙儿，我没事儿也就在飞机上下转悠，这儿看看，那儿瞅瞅，琢磨着哪儿还能再减减。有事儿没事儿就拿着把笤帚扫飞机,多扫点儿灰尘也算是去了点儿死皮。

东抠抠,西搜搜,飞机的起飞重量终于降下来了。

对了,大伙儿还记得我们前几趟出行的交通工具吧。穿越中东的两台G500分别叫"大白""小白",穿越国内"四大无人区"的那台陕汽重卡的保障车,叫"太白"。

我给B-3804重新起了个名字——"超级白"。欢迎加入"侣行"的"白家族"。

云上
侣行 IV
六万公里

📍 垂降马鲁姆火山，上一次被认为的"不可能"

📍___飞越"彩虹国",最早关于飞翔的种子

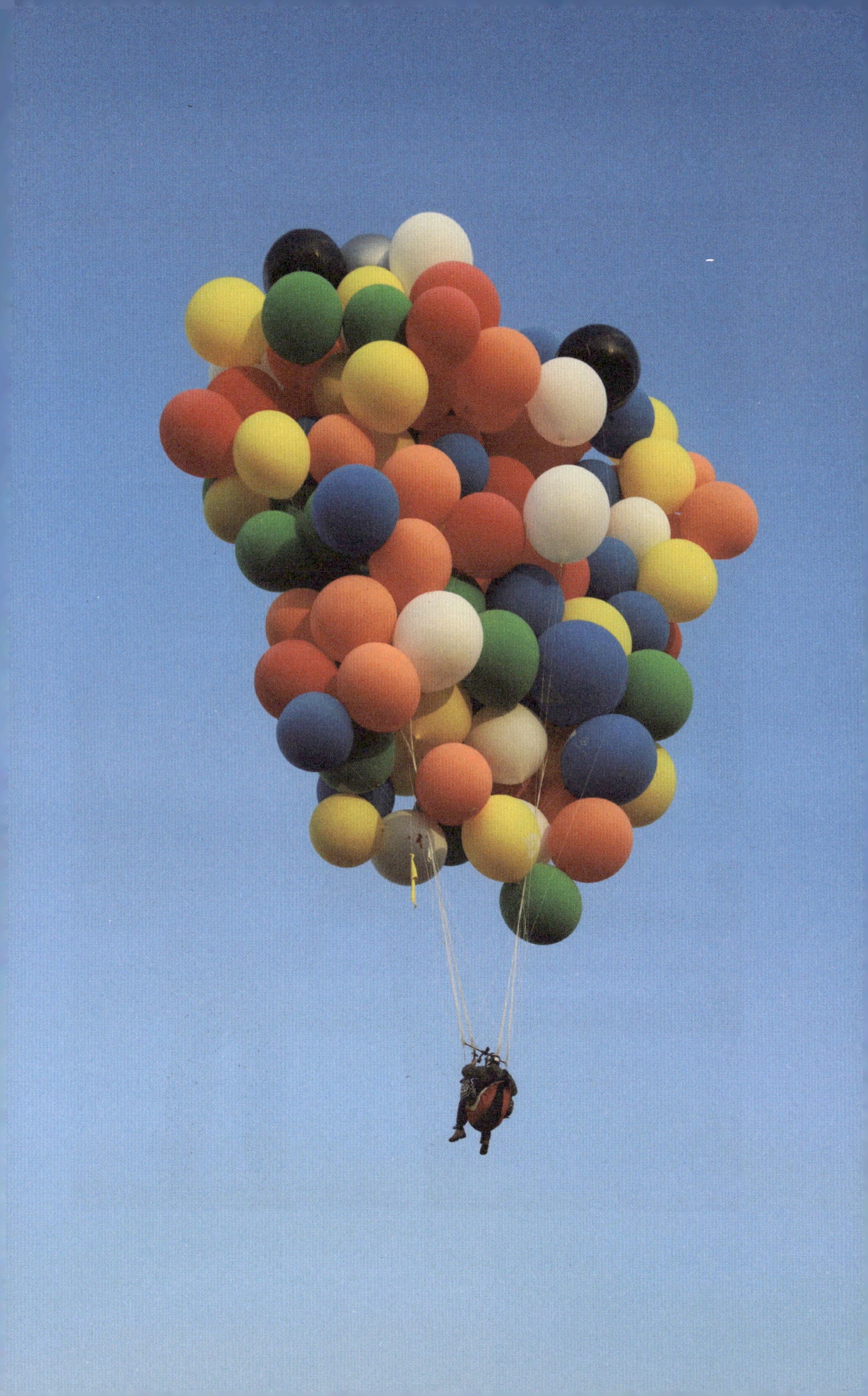

📍 修修补补、扣扣减减，全方位给飞机减重

穿上制服、坐上飞机，有点儿那个范儿了

📍 给"超级白"变身

📍__ 重生的"超级白" 　　　📍__ 在寒冷北国，重新当回学生

♀__ 在"超级白"之后

♀__ 一盆冷水，第一次单飞后的"礼物"

风雪饯行会

领航员被拒签了。

领航员球球是梁红的外甥,平时管我叫"爸爸"。2013年我和梁红去南极结婚那会儿,还在读大二的他直接办理了休学,从北京飞到智利的首都圣地亚哥,火速上了"北京号"帆船。

那趟南极行,是我和梁红的结婚之旅,也是他的成人之旅。

后面我们去中东、去"四大无人区",他也全程跟随。可以说这孩子的"青春修炼手册",就是跟着我们一起在路上。这趟自驾环球飞行,他是关键的一员。

在飞机上,我是机长和飞行员,梁红是副驾驶员和通信员,而球球则是两个驾驶员身后的那个人,他负责领航和数据监控。

为了这趟行程，球球也付出了巨大的努力。平时热衷于汉堡、薯条和"快乐肥宅水"的他，被逼着全戒了，在半年的时间里生生减掉了60多斤的体重。除此之外，他也在加格达奇跟着我们上了一段儿学，除了学习领航、通信和仪表数据监控知识，也拿到了飞行执照。

　　最困难的过程，他都挺过来了。然后，被卡在了签证上，说过不去就过不去。

　　这下该怎么办？我绞尽脑汁，好像也没什么办法，球球的位置是个专业岗，只能我和梁红把球球的任务扛下来，再分担更多的职责。我们俩可以做到，只是在万米高空上，在全程手动操作的老飞机上，我们俩的任务已经够重，再分心领航、通信和数据监控，这样会有很大的安全隐患。

　　正在我们一筹莫展之际，我们在飞龙认识的朋友小白来了个电话："老大，听说您那边领航员的签证被拒了。我跟单位和父母都商量了一下，要不这事儿我来吧，给我个机会跟你们一起去看看世界。"

　　虽然小白没有运-12的操作资质，也没有和我们俩一起配合飞行训练的经验，但是他在这个时间节点上的请缨，无疑是帮了我们大忙。我和梁红的精力不用再那么分散。

　　"这可真是救了老命了。"我一下子感觉拨云见日，雨过天晴。

第一章
大兴安岭的学生

2016年腊月二十七,哈尔滨太平机场,零下22摄氏度。近300个网友赶来,给我们送行。

他们来自全国各地,有从遥远西部的疆、藏、川、渝来的网友,有从未到过温度在零下的北国的两广网友,还有一些不管我们在哪儿办线下活动,场场不误的熟面孔。在年轻人为主的人群中,我们还看见了六七十岁的爷爷奶奶和八九岁的孩子。

现场的LED屏也播放了无数网友录的视频。他们没法儿来现场送行,但是在世界各地送出了他们的祝福和愿望。大伙儿感谢我们带着他们一起去见识世界,我们更感谢他们的支持给予我们前行的力量。

我们跟在场的每一个人握手,拥抱,互道"谢谢"。

2012年的大年夜,我和梁红背着行囊只身前往首都机场,坐飞机再转火车去雅库茨克。2013年,在上海海港码头上,六个朋友拿着一瓶香槟,送我们开帆船去南极。2015年,人要稍多一些,我们在居庸关办了场启程仪式,然后回到北京从正阳门出发,驱车前往中东。

"这回热闹了,这么多人来送我们。"我小声对梁红说。

她"嗯、嗯"着点头,眼里已经噙着泪珠,快要说不出话来。

"张昕宇！梁红！侣行！"在一个东北本地小伙子的率领下，全场人一起扯着嗓子高喊，"杠杠的！"

蛰伏了一年之后，在寒冷的"冰城"见到这个场景，我的心里一下子暖了起来。那会儿觉得付出再多，再苦，再难，还有这么多人在支持我们，我们觉得什么都值了。

我咬了咬嘴唇努力控制住情绪，而身旁的梁红早已热泪盈眶，在悄悄地抹着眼泪。

"一路顺风，平安归来。"人群里再次响起整齐的呐喊。

第二章

CHAPTER 2

出发，环球飞行

出发前的"遗书"

飞行初体验

"多谢机长不杀之恩！"

记忆中的灯塔

油泵崩了！

连锁反应

出发前的"遗书"

"咱们要错过南极了。"

出发的日期一推再推,先是球球的签证被拒的事儿耽搁了一阵,后面幸好小白填补上了。然后是俄罗斯远东那边一直是雨雪天气,那边我们将途经的几个机场都没有除雪设备,只能等风把雪吹走。

别的事儿我们还能想办法,老天爷闹脾气我们是真的没辙,我们只能等着。一算日子,不等我们飞到南美洲,南极就进入极夜了。

为了去南极,我们之前做了很多的工作。因为南极地理的特殊性,我们不是把飞机开到那儿就行,还要符合国内外的相关法律法规,拿到各种批准文书。要飞越南极点的阿蒙森-斯科特科考站,我们拿到了美国官方批准;要从智利进入南极,我们还需要智利军方的批准;等等。但是这一次,我们没

第二章
出发，环球飞行

法儿拿到老天爷的批准。

"先飞吧，咱们在路上赶一赶，看能不能追得上到南极。"我只能先这么安慰自己。

在等待的日子里，不管是团队内部还是我们自己心里，都处于"低气压"状态，似乎我们对一切都无能为力。

在农历新年那天，我们终于来了好消息，俄罗斯堪察加半岛那边的雪停了。"咱们大年初二一早出发！"大伙儿终于等来了鸣枪起跑的讯号。

第二天就是出发的日子，大年初一的晚上我心里还是很忐忑，睡不着，就又带着梁红去了机库。我拿着个小手电筒，像医生似的给"超级白"做检查，转转螺旋桨，紧紧螺丝，摸摸舱口盖，摆摆线束，再看看起落架、刹车盘，量一量胎压……人老了病痛多，飞机老了故障多，肚子里有疙瘩心事儿多。

凌晨5点，天上没星星，离天亮还早，我们一行人赶到了哈尔滨太平机场。气温非常低，冷风有点儿割耳朵。一路上冷冷清清的，但是胸中的豪迈还在。

拿着护照去出入境管理部门盖了戳，在法律上我们算是允许出境了。之后，我们乘着摆渡车往停着"超级白"的机库赶去。我们带着一个大油桶，正要往摆渡车上放，接车的司机和机场工作人员都蒙了，没拉过这样的行李。

由于我对每个人的行李都做了限重配额，大伙儿带的东西都不多。看我们这一个个的简装出发，完全想象不到我们是要去干自驾飞机环球飞行这种牛皮吹破天的事儿的。

往飞机上装行李。这可跟装车把啥东西都往后备厢一扔不一样，飞机上的重量得前后平均，咱们得把前后的重量都弄清楚了，算出重心，看在不在飞机可起飞的范围之内。

"第一段航路批复成功，俄罗斯的落地文件清、齐。"双边手续和文件确认之后，我和梁红拿着检查单子和笔，一项一项地做飞行前检查。

而团队里的其他人，则在旁边"录遗书"。这是我们团队每次出发前有点儿特殊和悲壮的环节。因为我们每次去的地方都很特殊，危险系数确实比较高，国内是没有保险公司给我们上保险的。虽然我们每次出发前准备都做得很足，而且也都完全相信彼此，我也总说我们坏事儿做得不多，老天爷不收，但是人有旦夕祸福。

"录遗书"这事儿其实不令人沮丧，反倒是大伙儿在心里留底的一种表达方式。

这次除了我和梁红，随机的还有小白、王恒、子冠、大鹏、小权、金星六人。除了落地拍摄的本职工作外，在飞机上每个人也都各有任务。

小白在我和梁红身后，负责领航监控；小权任后舱座舱长,他和大鹏轮流值班,负责后舱的机器设备;王恒和子冠负责监控飞机设备的状况;金星则是助理机械师,听我的指令处理紧急机械故障。

我偷瞄了一下他们那边的状况。

面对着摄像机,大鹏说:"又要留遗言了啊!我觉得我会活着回来的,如果真出了意外,其实也没什么好交代的,活着的大家都好好过就行,就这些,没别的了。"

年纪最小的金星说:"从昨天到了哈尔滨就一直在忙活,什么危险啊,困难啊,一忙活起来我就忘了。该准备的都准备了,心里其实也踏实了不少。相信自己,相信老大,相信我们爱的人和爱我们的人。至于后面的事儿,就这么着吧,听天由命,一切都会好的。"

小权比较感性:"第二次留遗言了,虽然留了,但是肯定希望用不着,咱们能顺利平安地回来。如果真出啥事儿,保险受益人是我妈,另外银行还有点儿钱,老婆,你和咱妈分了。'签字画押',这段视频真实有效。"

面对镜头,子冠很洒脱,只有简短的一句:"有点儿'小紧张',但是没问题,咱们回头见。"

乐观的王恒说:"我们能遇到的肯定都是好事儿,我就期待即将到来的好事儿。"

而第一次跟我们出门的"新兵"小白,还很兴奋:"到了这一刻,其实挺期待的,一起战斗,一起加油吧。"

看着这群小弟弟似的年轻人,我心里一紧,感觉担子更重了。他们好好地跟着我出去,我一定要把大伙儿平平安安地带回来。

"老大,讲两句吧,给大伙儿发个动员令啥的。"有队员说道。

"说两句,说点儿什么呢?"我在寒风中裹了裹羽绒服,"其实在侣行这一路上,咱们就是不断地遇到各种各样的问题和困难,然后再处理各种各样的问题和困难。咱们走的路也一次比一次难,2013年开船去南极,2015年开车去中东,我们如今开上飞机了。除了文件和人,也没啥了。飞机也比我小不了几岁,比你们大那么一点儿,咱就这么走了。一起走的人要同心协力,后面待着的子儒、承刚好好看家。别的没啥,祝我们好运吧。"

这动员令一点儿也不激昂和振奋人心,我们也不是一个靠打鸡血过活的团队。后面的困难多着呢,我只能说出这些听起来很朴实的话,让所有人的情绪都维持在一个平常心上,不能过分乐观和期待,但是也要相信我们面对困难时解决问题的能力和态度。

"我们一定会好运的。"梁红挥了挥拳说,"加油!"

飞行初体验

"万事开头难,开头顺,百事顺。"

所有人登机。再一次坐在驾驶舱的驾驶位上,有那么短短的一瞬间,我脑海里闪过这半年多没日没夜练习的画面。来不及感慨,我赶紧把心弦拉回来绷紧。

终于到这临门一脚了,所有人都在期待和担心的时候,我脑子里却像打了一万个结扣。虽然练了这么久,但真到了自己个儿上路单飞的时候,我还是挺惴惴不安的,需要去想的事儿、去考虑的情况太多了。

这是我人生中第一次飞大于300公里的转场,就赶上了国际转场。飞行员通常需要2000个小时的飞行经验,还得有一个飞过此条航线的熟手飞行员在飞机上"压阵",才能飞这种国际陌生机场转场。可我们刚从航校毕业,就直接上这种难度。飞行状态也从注重操作和飞行技巧的目视飞行,变成了注重程序和完备计划的仪表飞行。

这就相当于新手学车,刚拿了驾照从驾校出来,就直接去参加达喀尔拉力赛了。

穿着蓬松的羽绒服,让飞机驾驶舱显得更加狭窄。挤上飞机,我和梁红对视了一眼,就开始像小学生对作业一样,拿着单子开始每次起飞前的检查与准备:

调整座椅,系好安全带,舱门关闭,防撞灯打开,断路器打开,左右地平接通,变流机接通,ZZZ电源接通,左右发电机断开,左汇流条接通,右汇流条断开,电压检查,液压泵接通并检查压力,高度表调整,操控系统检查,发动机仪表检查,燃油表检查……

检查一一捋完,我正了正身子,对梁红说:"丫头,咱们真的要飞了。你感觉怎么样?"

梁红说:"还行,你状态怎么样?"

"好,能不好吗?必须好。"我说。我知道自己这个机长、老大名头下的分量,我是所有人心里的那个晴雨表和平衡尺。从这一刻开始,我的嘴里、我的脸上,便只能有"晴",不能有"雨",只能有劲儿,不能泄气。

"你好,我就放心了。"她给了我一个坚定的眼神,然后开始专注地给塔台报备:"哈尔滨塔台,B-3804飞前准备检查完毕,一切正常,请示开车。"

第二章
出发，环球飞行

"塔台收到，可以开车。"那边传来回复，"加油，一切顺利；我是你们的粉丝，你们是中国人的骄傲。"

听到这儿，我和梁红都愣了一下，然后笑了起来。一句简单的话，隔空的一句小寄语，就好像一根能量棒一样，为此刻的我们增添了许多动力。

我扭头看向后座，对于初飞，大伙儿脸上有期待，也有些担忧。我说了一句："顺利的话，6个半小时后到俄罗斯；特别顺利的话，5个半小时就到了，咱们去南萨哈林斯克吃午饭。"

"请示滑行。"

"请示进跑道。"

"请示起飞。"

"塔台指令，B-3804进跑道，可以起飞。"已经进入状态的小白说道。

"抄收。"启动发动机，按序推动，摁下各种开关。"超级白"缓缓进入跑道，开始滑行、加速、攀升，在跑道的尽头抬头而起，破空而去。

说那会儿不紧张一定是假话，不过进入状态的我那会儿也没心思去想许多，螺旋桨的轰鸣声、窗户外呼啸的风声、舱内刺鼻的航空煤油味儿，在那会儿我已经完全觉察不到；眼里也只有面前的仪表和正前方的茫茫空白。周围的建筑或其他参照物我已然全都觉察不到。五官六感在那一刻似乎都停止了作用，我的所有生理状态和心理活动，全都集中在这第一次国际转场起飞的操控上了。

要盯15个仪表盘。发动机、空速、地速、高度、油量、扭矩、升率、姿态……除此之外，"超级白"没有大飞机的增压舱，我们外面咋样，在里面感觉就咋样。

老飞机，需要我们有三头六臂；我们没有，无奈只能一心一意地驾驶，又必须"三心二意"，眼观六路。

直到爬升到6000英尺①，对地速度稳定到每小时240公里，飞机飞行状态稳定后，我才重重地呼出了一口气，把人拉回到一个正常状态。那会儿眼睛能看到的只有一个辐射范围，耳朵终于听到了舱内的噪声，鼻子算是闻到了煤油味儿，手臂也感觉到了过度紧张之后的酸麻感，也终于感受到了高空中零下35摄氏度的扑面寒冷。

爬升状态结束，飞机进入平飞阶段，我就让副驾驶位上的梁红接过飞机操控。她显然也有些紧张，全神贯注地看着仪表盘，并向空管汇报情况："哈尔滨管制，B-3804距本塔50公里，标压1027。"

"不错，没有把机场围墙给撞了。"我开了句玩笑，缓一缓刚才的紧张情绪，"第一个小目标达成，下一个小目标就是

---

① 英美制长度单位，1英尺约等于0.3米。

别掉进松花江里。"

见我一直紧绷的身形终于松弛了些,小白开口说:"老大,起飞很完美。"

"万事开头难,开头顺,百事顺。"我说。

飞机平稳地在高空中飞行,那会儿我的心绪已经彻底平静下来。我们的实时高度接近9000英尺,在加格达奇进行飞行训练的时候,我最高只飞到6200英尺,没想到第一次实地单飞就更上一层楼。其实对我来说,飞得越高心里越踏实,因为高度越高,遇到意外情况时,我越有反应时间处理。

副驾驶位上的梁红向我汇报飞机状态:"高度9000英尺,对地速度每小时290公里。"

"高度下50,然后保持高度和速度。"我回应指令。我和梁红有太多的关系,夫妻、搭档、伙伴。开车的时候,我是前车,她是后车;在飞机上,我是机长,她是副驾,在驾驶舱内我们都会下意识地用专业话术交流。

"后舱各岗位汇报。"梁红操控着飞机,我终于可以分神问问其他人的情况了。

"大鹏没有问题。"

"小权没有问题。"

当时我没空扭头,后来从监控里我才看到首飞时他们几个的样子,一个个都屏息凝神,脸上都是很蒙的神态。

"多谢机长不杀之恩!"

完全结冰的松花江,像条白练银蛇一样在我们脚下静静地趴着。

飞机状态完全稳定了下来,我们心里的紧张情绪也缓和了一些。刚起飞那会儿只顾着看仪表盘和正前方,眼睛都没敢用余光。这会儿终于可以分分神"左顾右盼"了。

在天空中,我们用上帝视角俯瞰这个人间。

下面的马路成了格子线,居民区像是泼了一地的颜料,俨然一幅水彩画。再往前飞一阵儿,出了城市,这幅画马上变得粗犷起来,这会儿的天地间便是一幅巨大的水墨画,颜色只有黑、白和灰。大片大片覆着雪的原野就是那背景,公路是那粗线条,簇簇树木就是泼洒的墨汁,山野起伏,沟壑跌宕,若隐若现,笔走龙蛇。

地球其实是个伟大的画家。

第二章
出发,环球飞行

课本上说云彩像棉花。等我们真的跑到云彩上头,发现云彩确实像大团大团的棉花,让人不禁想跑到里面去翻滚几圈。

有些阳光从云朵缝里透过来,特别好看,像是在棉团里缝了几条金边,更像是神话里说的那种祥瑞之光。

"咱们正式出境了,到俄罗斯了。"小白说。

"嘿,真不错。咱们没掉在哈尔滨,没坠进松花江里,也没落在边境线上。"我打趣地喊了一嗓子,"Hello,俄罗斯!"

过了乌苏里江,出了中国空域,我们用中文呼叫俄罗斯这边的管制,没得到回复。然后梁红转用英语呼叫,终于得到了回复。对讲机里传来对方的回复和指令,我和梁红互看了一眼,蒙了。他们说的是什么啊?俄罗斯味儿的英语,我和梁红完全听不懂。

"小白,你再报一次。"我说。

依然是听不懂的大舌头西伯利亚式英语。小白说:"让咱们降点儿高度,航向有点儿往东偏,需要校准航向。"

"你能听懂?"我诧异地问他。

"听不懂。"小白无奈地摇头说,"半听半猜,一般塔台对接的指令也就那么些话,咱们听懂几个关键词就行,然后去套那些常用指令。"

控制飞机往下沉，降高度，钻到云层下方，视线一下子变得清晰起来，远处蜿蜒无边的海岸线出现了，眼前有些轻一些的云，三三两两地浮在空气里。这景象，一下子让人的心情也轻松愉悦不少。

我们的航路临时改了，往西偏航一百海里，不仅增加了航程，还错过了顺风。

"这飞的第一趟，备用油箱就用上了。"

飞机彻底离开大陆，进入了鄂霍次克海上方的空域。梁红报告实时高度、地速、飞机状态、发动机的仪表数据。直到起飞后3个多小时的这会儿，飞机才达到最佳飞行状态。

"报告，申请上厕所。"小白说完，回头看了一下被拆得干干净净的后舱，声调低了几度问，"咱飞机上有厕所吗？"

"有！"我坏笑了一下说，"厕所是拆了，但是我装了个小便器。你是第一个用的，去试试。"

他腾挪着挤过两个备用油箱到后舱尾部，找了半天才发现那个小便器，犹豫了很久才问："就这个？"

当时为了给飞机减重，我把洗手间拆了。在飞行过程中，我和梁红是没法儿离开驾驶舱的，所以当时我们也打定了飞前和飞行过程中尽量少吃少喝。为了应对长时间飞行，我俩快40岁的人了，其实都备了纸尿裤。但是在北半球没法儿穿，

第二章
出发，环球飞行

因为飞机里的空调被我拆了，内外一个温度，真尿了很快就给冻住了。

为了应急，我简单设计了一个小便器在后面，方便后舱解决三急。方不方便不知道，但是够轻盈。

跨过山和大海，陆地的轮廓再次出现在视线里。看见陆地，心里就踏实了，其实也更紧张了。行百里者半九十，越是快到陆地了，心里越紧张。我暗暗嘀咕，第一段千万别出事儿。

小白对接前方的南萨哈林斯克机场的塔台，收到可以着陆降落的指令。

"做一遍降落前的检查，准备仪表着陆。"我对梁红下达指令。

"安全带系紧、锁好，确认。"

"前、后舱门关好，确认。"

"液压压力检查。"

我看了一眼液压表："液压压力，0！两个刹车都失效。"心里猛然"咯噔"一下，瞬间脑子里全是各种航空事故的场景。不至于吧，我们第一趟就遇到这事儿。梁红一下子也紧张了起来，我顾不上再去看其他人的反应，让梁红持续实时播报飞机的状态，我则一边全力控制飞机，一边脑子飞转琢磨解决办法。

5吨多重的飞机，每小时近200公里的速度，临降落没有了刹车，跑道上还有积雪。处理不好……丢了人事儿小，丢了命事儿大啊！

"跑道长度3400米。"后舱报告。

"速度每小时180公里，高度340米，襟翼15度。发动机引气关，螺旋桨对前。"梁红持续实时播报。

"没事儿，跑道够长，这个长度咱能搞定，先想如何滑行。"梁红看出了我心里的担忧，补充了一句。

那会儿所有人都紧张地站了起来，双手紧紧地抓住身边的固定部件。这会儿我没再说话，一方面怕增加大家的心理压力，一方面也没空去想别的，全神贯注地操控飞机准备降落。

后舱变得鸦雀无声，机舱里只有引擎的轰鸣声和梁红的播报声："速度每小时180公里，高度100米，近台上空60米……"

其实那会儿我心里已经有了应对方案。拉低下滑线，依靠控速和惯性阻力来降落；然后飞机的两具螺旋桨本来都是提供推力的，我通过拉反桨来让它往前吹风提供阻力。通常情况下我是舍不得用反桨的，这个操作会消耗发动机和螺旋桨，目前这种情况也是没有办法的办法了。同时我也在用眼飞速扫描远处跑道两侧的情况，思考飞机万一真的没刹住，撞到跑道，我

第二章
出发，环球飞行

往哪边撞损伤会最小。

飞机在高速飞行的时候，我可以通过方向舵控制机头朝向实施转弯；在飞行速度低于每小时80公里的时候，我只能改变左右刹车压力差和左右螺旋桨拉力差实施转弯，但改变螺旋桨拉力差在地面实施有一定的操作困难。

梁红仍在尝试手动加压，恢复液压压力。

"超级白"像鱼鹰小角度俯冲到水面捕食一般，飞速地蹿入机场跑道贴地滑行一段之后，找了个合适的切角，起落架轮胎接地，飞机快速地滑行。我开始拉反桨，跑道路面快速地朝我扑面涌来。慢慢地，螺旋桨叶变得清晰，在我看见跑道尽头的信号灯的那一刻，飞机的速度缓缓降了下来。

抹了抹鼻子，我真的憋出汗来了。

"喔，牛！""停住了！""平安着陆！"后舱的欢呼与掌声同时响了起来。

我长长地舒了一口气，使劲儿地眨了眨眼，抖掉睫毛上刚才因紧张冒出的汗珠，然后转头看向梁红。她一脸笑意地朝我点头，我们又一次做到了。

"多谢机长不杀之恩！""多谢机长不杀之恩！"后舱不知道谁喊了一句，大伙儿跟着齐声叫了起来。

记忆中的灯塔

"天都黑了，大伙儿辛苦了。走，咱们找地儿吃'早饭'去。"

一伙人的内心刚刚经历了冰火两重天——从得知液压为零，两个刹车失灵时的绝望，到最后平安落地的欢欣。飞机停稳后，大伙儿似乎还没从这种极致的情绪跳跃中走出来，还在后舱胡乱地喊叫着，互相击掌。

我和梁红在驾驶舱，照例对着单子做完落地检查，方才招呼大家下飞机。然后所有人对飞机做了一次全面的检查，螺旋桨、襟翼、轮胎、油箱，外部连接部件，全都过一遍。

"金星，把铅酸电瓶和便携地面电源（红盒子）拆下来带上，晚上放在大鹏房间，别放在室外，别给冻着了。"这边没有机库，气温低，这些东西我们必须得拆卸下来带走，要不明天指定被冻坏了。我安排着最后的工作，然后招呼大伙儿上

第二章
出发，环球飞行

车，离开机场去吃"早饭"。

凌晨5点到达哈尔滨太平机场，办手续，准备出发，然后在天上出国，入境俄罗斯，到落地做完检查，完成这第一次国际转场，已临近当地时间晚上6点。我们终于能吃上第一口饭了。

吃饱喝足之后，在饭桌上，我们开了第一次飞行例会。

"咱们今天首飞，跑了1510公里，飞行耗时5小时16分钟，还得是中间运气好赶上了顺风，把咱们的速度提到了每小时340公里，要不还得晚一个多小时。"我说道，"年初二咱们来俄罗斯拜年，第一段是有惊又有险，遇上刹车失灵了；不能说是顺利，但是好歹结局不错，平安落地。"

"多谢机长不杀之恩。"王恒在饭桌上又提了一句。

在这个相对轻松的氛围里，大伙儿都哈哈大笑了起来。

"好了，吃也吃了，喝也喝了，大伙儿回酒店好好休息。"我招呼着，"这边和北京有时差，相当于今天咱们亏了3个小时。现在当地时间是20：21，北京时间是17：21。大伙儿还能休息7个多小时，明天早上凌晨4点，咱们机场集合，飞第二段。"

顶着极低的气温，在凌晨赶到机场，没睡醒的大伙儿刚下车，冷风扑面，一激灵都冻得哆嗦了几下，这会儿算是醒踏实了。

进了机场小楼，准备办离场手续；突然我们的飞行代理公司发来消息，要求更改航线。

我们目前所在的南萨哈林斯克，位于库页岛的最南端，与日本的北海道岛隔着宗谷海峡相望。原定航线是从这儿出发，往东横跨鄂霍次克海，到堪察加半岛，全程1400公里。今天这个航线上是强对流天气，有很长一段是飞机会处在厚云层里，所以代理公司规划了一个新航线：往北飞到库页岛尽头的莫斯卡利沃，再转向东跨鄂霍次克海到堪察加半岛的彼得罗巴甫洛夫斯克。

新航线和原计划路线，成了个三角形，还是钝角的。

"这可不行，一下子多了近500公里，而且沿着库页岛往北飞也会遇到强对流天气。"我连连摇头。

拿出纸笔，计算油量和航程，还有路线中的风向、风速、气流等。我想了好几种方案，又自我否定：不行，安全隐患太大。

"新航线飞不了。"无奈之下我说，"那咱们今儿就不飞了，明儿再走，大伙儿回去睡回笼觉吧。"

这是我们第一次遇上更改航线。对此，我也第一次行使机长的权限，决定停飞。

离开大厅，天已经大亮。马路上行人的脚步和汽车的轮子碾着雪花、冰碴子的声音，让这个冷清的边境小城显得热

第二章
出发，环球飞行

闹。准备返回昨晚下榻的旅馆再歇歇，走了没几步我又拉住梁红，说："咱们兜回去机场一趟。"

没法儿起飞，我们进不了停机坪，就绕了一圈到机场外面，隔着围墙往里看。停机坪上的飞机不多，戴着"眼罩"的"超级白"静静地停在东南角。

"这才分开一宿，你就放心不下了啊？"梁红说。

"它现在就是最大的宝贝疙瘩啊。"我说，"见着我就踏实了，咱们回吧。"

太阳还没露头，但是天边却是一片绯红。清晨的火烧云特别美，远处地平线的尽头呈现出一片温暖的红晕。此情此景让人感觉好像没那么冷了，心里甚至升腾起了一丝暖意。

折腾了一早上，大伙儿好像又没了困意，我们就干脆租了台车，准备逛逛这座小城。

这儿是和中国一样的左舵车交通系统，但是街上跑的大多是右舵车。看样子应该是日本出口到欧洲那边的车，变成二手车又卖回了这里。

南萨哈林斯克作为库页岛最大的城市，却仍和许多边境小城一样人特别少，这些年很多人都逐渐迁到欧洲那边了。开着车没一会儿就转了个遍。大家都不认识俄文，摄影师小权会一点儿韩语，我们就找了家韩国馆子撮一顿。

"难得有一天得闲，大伙儿就吃个饱。"我说，"不过吃完了得抓紧消化，赶紧排了，上飞机别超重。"

吃完饭，大伙儿回旅馆休息，我带着梁红直接把车开到了海边。海滩被积雪完全覆盖了，海面结的冰也延伸出去很远。我牵着梁红下了车，踩在积雪里深一脚浅一脚，有点儿吃力，本来很浪漫的一个情景，没几步就弄得气喘吁吁的。

在海边的阳光下，积雪像是一片无边无际的盐田，呈颗粒状躺在那儿。我抓了一把塞嘴里，不咸，冰冷得有点儿拉舌头，化了之后又感觉有点儿甜。

梁红问我怎么想来海边了。

我指着远处的一座灯塔说："我就是来找它的。"

2013年的夏天，我们开着帆船去南极结婚的时候就路过这儿，我对那个灯塔记忆特别深刻。它是日本海和鄂霍次克海的分界线，也是当时阴沉的天气里唯一的光明。就是在这片海域，我们的"北京号"帆船当时从一片风和日丽闯入了浓浓迷雾里。

冰上雪，雪上冰，近处的海面并不规整。我们没敢再向灯塔靠近，怕一不小心就踩出个冰窟窿掉下去。

当年在海上看过，现在在陆地上远远眺望。4年过去了，心里竟有些久别重逢的欣慰感。

明天走的时候，我们还会在天上再看它一次。

油泵崩了!

航线批复下来了,我们今天可以按照原定航路直飞彼得罗巴甫洛夫斯克。

耽搁了一天,还是凌晨4点赶到机场。办好离场手续,到了停机坪,终于见到了"久违"一天的"超级白"。

其他人在座舱做检查,我拿着手电筒带着小权和金星给飞机一圈一圈地做着外部检查。这是每次出发前必须做的工作,必须精准到"无微不至",找出任何可能存在的安全隐患。即便是机翼有点儿脏也得擦得干干净净,来保持翼面光滑,让飞机有最大的升力。

每一站都是陌生机场,每一条航路都是新路线。起飞前、结束后的两次检查必不可少。每一步都得特别仔细,眼到、嘴到、手到。

"这个锁扣谁扣的?"我蓦然发现左侧螺旋桨罩有个锁扣

没有扣严实，脑袋"嗡"的一下瞬间就大了。

"应该是前天落地后检查，往上推的时候给卡住了。"小权说。

重新扣严锁扣，我仍心有余悸。幸亏这会儿发现了。如果刚才没检查出来，起飞后螺旋桨旋转带起的巨大风推力，会把罩子弹开，然后快速撞到机翼的斜撑杆上，将其击断。接下来的结果就一个：机毁人亡。

每一个小错误都可能致命，我也借机给大伙儿上了一课。

我向机场地面请求为我们提供一辆加温车。通常是不需要这个的，但是当天的地面温度到了零下35摄氏度，舱内仪表的液晶屏都冻住了，很多液压油也冻上了。在这种温度下，发动机启动也会造成过载，所以我们得让加温车来帮忙。把一个巨大的风筒伸进机舱，往里面吹风，让机舱迅速热起来，发动机也热起来。

完事儿后，机场的除冰车出动，一个工作人员在吊臂上拿着喷枪给机身、机翼做全面除冰。除冰液如果意外流进了发动机，是会损坏发动机的，也需要工作人员特别小心。

完事儿之后，再细致地做了一次外部检查，我才放心上了飞机。坐在驾驶位上，我一边绑安全带一边对梁红说："飞鄂霍次克海，没有导航台，超出了机上甚高频的通信范围，给单

第二章
出发，环球飞行

边带频率，咱们就安安静静地沿着航路飞，这1400多公里全是海路。"

她点点头："收到，没问题。"

和梁红对照着检查单，认真地做了一遍所有的飞前检查。我正了正身子，点火发动了飞机。左侧的螺旋桨开始轰鸣，之后逐渐加速，扇叶从轮廓清晰变得逐渐透明。

报告塔台，得到可以滑行进跑道的指令。飞机滑翔上跑道，开始加速，到每小时190公里的时候离地，斜刺向天空。

有了第一程的经验打底，这第二次起飞我的心理压力小了许多。明明依然是只雏鹰，我却看似轻车熟路。

太阳睡了会儿懒觉，天还阴着。飞机上了一些高度之后，刚开始云层并不清晰，雾蒙蒙的，更像是霾，飞机愈往高了爬，云层就愈清晰干净了。太阳也终于赶来上班。

飞机很快离开了大陆，海岸线被迅速甩在了身后。结满冰的海面特别好看，像是一个硕大无边的溜冰场，我还真有把飞机落上去溜一溜的冲动。

结冰海域也到了边界，暗黑色的海面上是一些碎碎的浮冰，显得破败。

等太阳完全出来了，海面上也没有浮冰的时候，下面从雪白的冰原变成了湛蓝的汪洋。

眼前和头顶是无尽的天蓝，身下是无际的海蓝。没有山川叠嶂，也没有城市建筑，在鄂霍次克海上方我们失去了所有的参照物。

两个半小时之后，我们的世界里终于有了别的颜色。身下有两艘破冰船一前一后，在鄂霍次克海上缓缓前行。此时此刻，从我们的角度看下去特别神奇，就像是在一片空旷的镜像世界里，天地之间只有我们的飞机和下面那两艘破冰船，再无其他。

"离彼得罗巴甫洛夫斯克机场还有972公里。"小白报告。

"好，往主油箱加油。"我下达指令。

"开始加油。"梁红开始操作，然后马上汇报，"左边油箱灯亮，右边油箱灯不亮。"

"啊？"我一惊，立马接着下指令，"重新操作一下油箱开关。"

"左边亮，右边还是不亮。"梁红说。

"座舱长检查一下两个备用油箱的油泵哪个不转。"边安排工作，我脑袋里边想着可能发生的情况。这会儿我心里其实有点儿慌了，但是努力让声音和表情保持镇定。

机长不能乱，要是让大伙儿看出慌乱的端倪，大伙儿只会更紧张。

很快，后面小权汇报："右侧副油箱接管在渗油，油泵没工作。"

"收到。"我简单做了回复后，陷入了沉默，脑海里快速模拟出现的故障和可能造成的后果。

飞机的主油箱，分别位于机身两侧的机翼内部；我加装的两个副油箱塞在了机舱里。飞机飞行的油耗由两个主油箱供给，而副油箱往主油箱里输油。这会儿负责给右侧主油箱补给的副油箱的泵阀出了问题，右侧主油箱一直在消耗而没有补给，左侧的俩主、副油箱则在正常对接工作。

这导致的结果，就是机身左侧明显承重更多，而右侧在不断地消耗油而减轻，飞机的姿态开始明显地往左侧倾斜。如果这个故障不解决，飞机就会一直"左倾"下去。

连锁反应

"给我找最近、最快的备降机场!"

我一边奋力操控着已经明显往左边沉的飞机,一边安排着任务:"梁红每分钟报告实时油耗,小白帮我盯紧仪表盘,注意姿态变化。还有,后舱所有人和行李都往机舱右边移,压一压,把重量平衡过来。"

"报告,我们的目的地机场就是最近、最快到达的机场,其他的都更远了。"

就近紧急迫降这条路走不通,我只能再想辙。"梁红,你接操纵杆。"这会儿我没法儿再分心二用了,让她来控制飞机,我专心想解决办法。

在我陷入沉默思考的时候,除了引擎的轰鸣声外,机舱里再无一点儿人声动静,气氛压抑得有点儿可怕。

先解决燃眉之急吧,右侧油箱燃油的压力低,我决定开启

侣行 IV

云上

六万公里

📍 "首飞",我们的环球飞行征程开始了

📍 出发前,"一家三口"合影

📍 机场一瞥

库页岛的日落

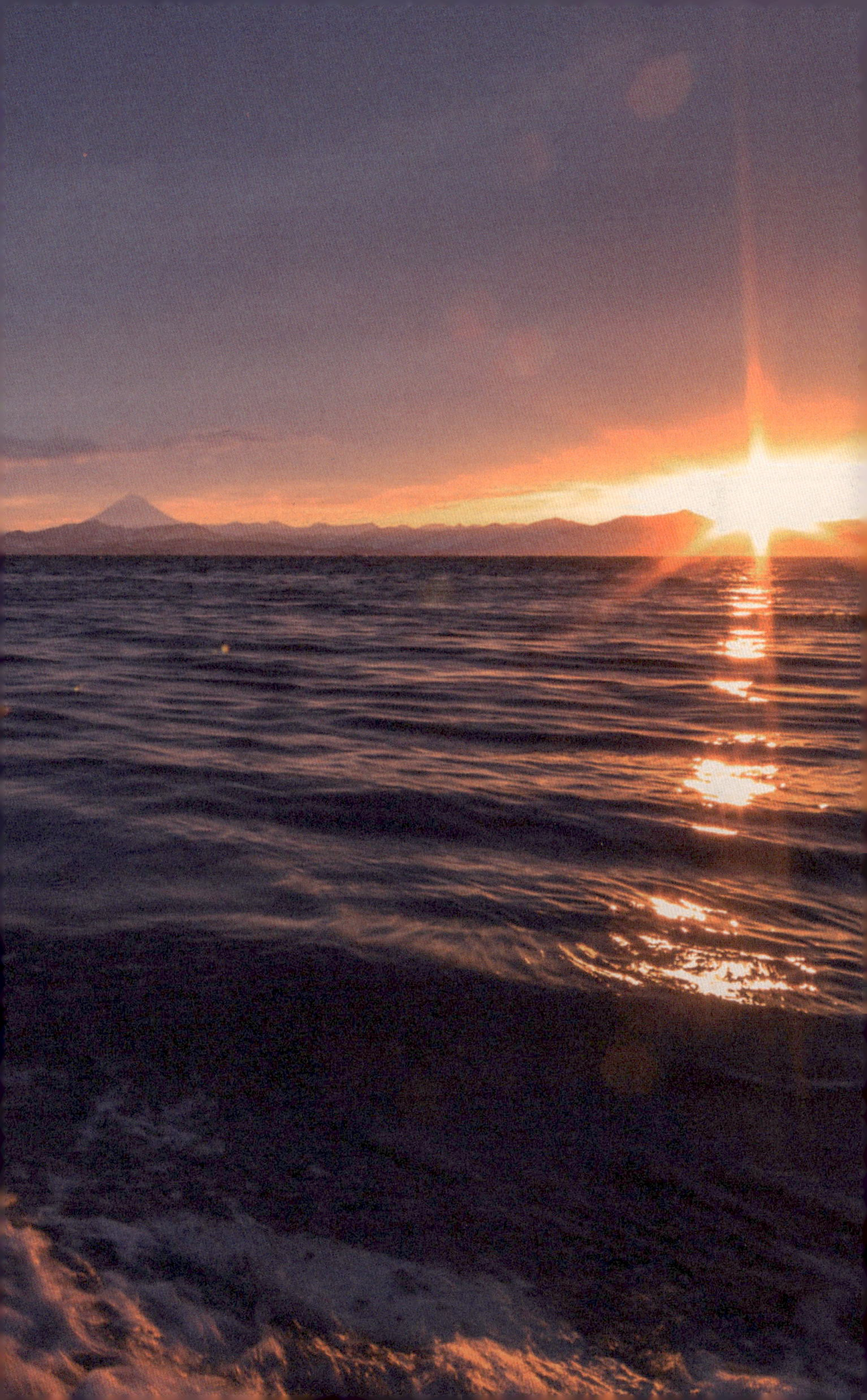

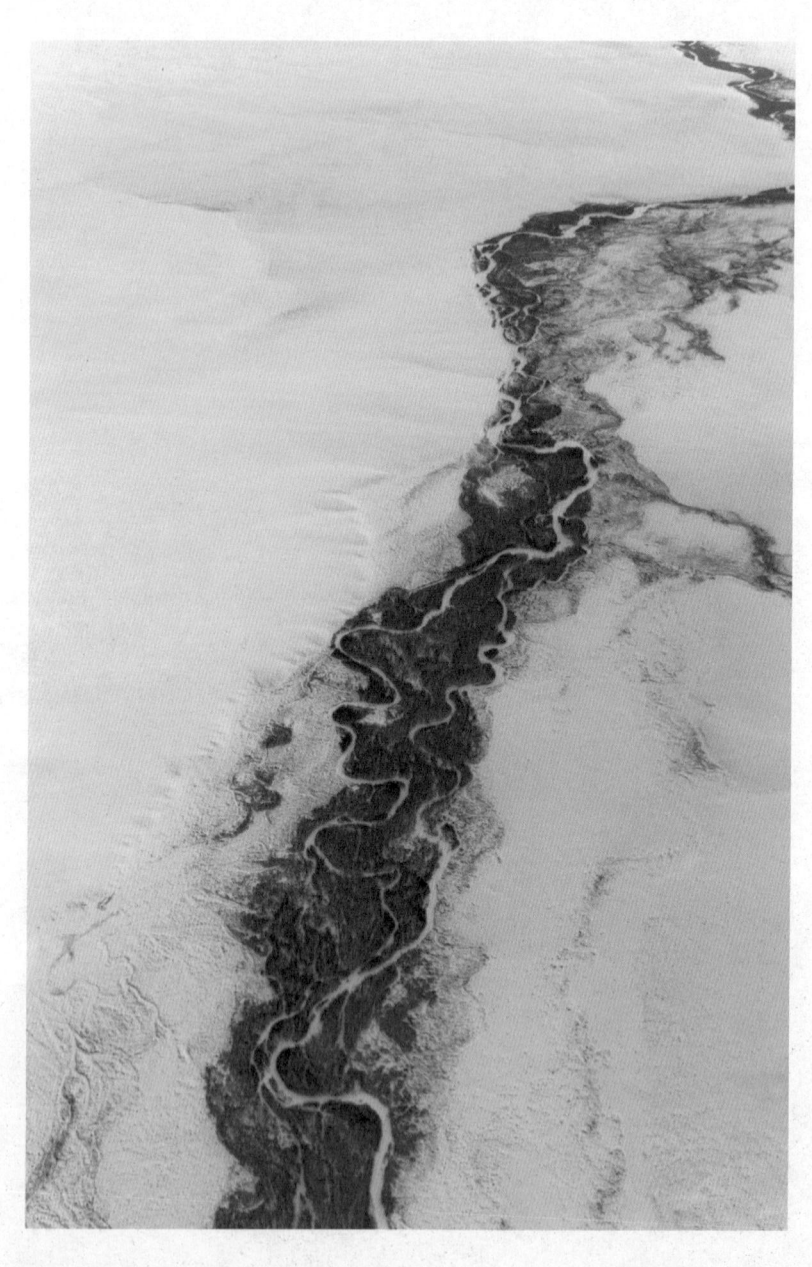

📍 人间变成了水墨画

📍__ 世界只剩下一种颜色

📍 这个角度的海岸线，也变得艺术起来

交输阀供油。"后舱,关掉右侧备用油箱油泵。我开了交输阀,让左副油箱平均给两边主油箱供油。"

无论如何先把飞机倾斜的情况稳定住。这招儿只是个饮鸩止渴的办法,如果只有一个备用油箱的储量,我们很可能飞不到目的地,到时候燃油耗尽还是得坠在鄂霍次克海里。

"报告当前可用油量、油耗、目的地距离。"我接着下达指令,"再查一下这会儿的顺风速度是多少。"

"实时油耗每小时320公斤,可用油量500公斤。"

"距目的地还有700公里。"

收到汇报数据,我在心里核算着。加上顺风,油量最多只能撑到500公里,对于最后的200公里,我们的油量肯定不够用。

"现在航向多少度?"我问。

梁红答:"070。"

"高度下降600英尺,调整航向到080。"我说。

小白说:"这样咱们就偏离原定计划航线了。"

"我就是要它偏个10海里,抄近路。"我们原来的航线是一个大约20度角的弧线,现在我们偏离航线飞直线,可以尽量缩短飞行距离,减少在空中的时间。

"梁红,你注意找顺风。"我安排着,"后舱帮我按照当前航线距离和油耗,计算落地重量。"

这一系列操作都是双刃剑，会带来一系列连锁反应。油泵故障导致飞机重量失衡，往一侧倾斜，我启用交输阀供油能够解决平衡问题，但解决不了油量不够的问题；而修改航线缩短飞行距离，加不进去的那部分油始终在机舱里压着，我们的飞机没有空中泄油的功能，又会导致飞机大重量着陆。

问题接踵而至，我没法儿像下象棋一样每次都预判五六手，只能快速地来解决眼下最严峻的那一个问题。

这会儿系着我们全飞机人命运的，就是那个小小的交输阀了。飞机供油就靠它顶着，但是长时间大流量地使用，它扛不扛得住？它一出故障，接着就是发动机熄火了，我们就多了一重致命困难。

我从来都不是一个赌徒，这会儿却陷入了要拿飞机上全部人的性命，去赌一个零件性能的境地。

备案还是得做。刚才情况紧急我也只顾得上眼下的问题，这会儿飞机状态稍稍稳定住了，我开始想保险方案。

"小白，准备给目的地机场报文：紧急求援，油泵故障。"

"啊？"小白愣了一下，"报紧急情况？"

"备报，先不报。"这是最后一步，咱们得想着，到时候真的超重着陆，机场那边的消防车、救护车都得出动。

我的这个指令一出，机舱里一下子陷入了令人窒息的沉默,所有人都感觉要听天由命了。

"报告,飞机出现抖动。"梁红突然汇报。

糟糕,我的心一惊,交输阀可能撑不住了。问题又回到了最初的起点:修复罢工的油泵。

"反复拨动油泵开关,多开关几次。"我说,"后舱,敲击燃油泵压力传感器,看是不是油里的水结冰,堵住了压力传感器,导致油泵不启动。"

"梁红,我来接手飞机。"开始降低飞行高度,我分析油泵之所以出故障,也有可能是空气阻塞了油泵,所以这会儿我应该降低高度,来消除气压对油泵的影响,找到让它恢复工作的那个液压点。

梁红持续汇报:"左油泵打开,灯不亮;左油泵关闭;左油泵打开,灯不亮……"她的声音趋于机械腔,但是一直保持着语调平稳,没有露出一丝慌乱的迹象,怕给我造成额外的心理压力。

"继续,反复开关。"我说。

机舱里只剩下了油泵开关启合的"咔嚓"声和梁红的汇报声。终于,驾驶舱内响起了清脆的"嘀"的一声。

持续开关了20分钟,操作了上百次,无数次敲击后舱使之震动之后,油泵神奇地"复工"了。

"左油泵打开,灯亮。"梁红报出了这一句,依然是那个语调，但是明显感觉她说完，嘴里一直憋着的那口气随着心落回肚子的同时也跟着呼出来了。

"哈……"我也长呼了一口气，但是仍牢牢控制着操纵杆。油泵刚恢复工作，过了一会儿，油表的状态趋于平稳。我把手伸到梁红面前，说："看，手心全是汗。"

"刚才心里都滴汗了。"梁红说。

"还好，没滴眼泪。"渡过了危机，我开起了玩笑，"坏事做得不多，老天爷不收，咱们又多活了一集。"

第三章

CHAPTER 3

世界的尽头

抵达"世界的尽头"

风雪夜行无人区

飞渡埃索

驯鹿风暴

荒原上的"百万富翁"

积冰危机,加速俯冲

接二连三,卫通故障

抵达"世界的尽头"

劫后余生,就像是有一笔坏账突然被人还上了。这次捡回了一条命。这会儿大伙儿的心里都满是惊喜感,紧绷了一路的神经都舒缓了下来。

海岸线就在眼前,4年之后,我和梁红再一次跨越了鄂霍次克海,这次几乎跨越了一次生死。

远处的岸边有一座雪山,准确地说是一座火山,不知死活。山头耸在云端之上。山其实不高,但是这边温度低,云层较矮,也比较稀薄。第一次看见这种穿过云层的雪山,总让我有种去西天取经的感觉,有种神圣感和仙气缭绕的感觉。

希望这不意味着我们和西游师徒四人似的,也要经历那九九八十一难。

"气都喘匀了,大伙儿稍稍紧张起来啊,要落地了。"我叫了一声,开始安排落地后的任务,"金星,你记得把'红盒子'拆下带走；小权，你接好尾撑，撑好咯，咱们现在的重量有点儿大。"

经历了首飞降落时的液压刹车故障，面对这第二次飞因油泵故障带来的一系列连锁困境，这会儿飞机有点儿重，我反倒能够心态非常平稳地操控飞机落地。

"很好，接地完美，速度正常。"梁红夸了我一句。

待飞机在跑道上缓缓止住了滑行之后，我已经觉得不算什么大事儿就是常规操作的时候，后舱还是如第一次安全落地时一样，响起了"哗啦，哗啦"的掌声和欢呼。

堪察加半岛的首府彼得罗巴甫洛夫斯克，这个被俄罗斯人称为"世界的尽头"的地方。冰雪中的机场，显得清冷寂寥，机场一隅停了一排飞机，塔台说机场当天就我们一架飞机进场。

我和梁红在驾驶舱内做落地检查，大伙儿下去执行各自的任务。想起刚才在天上的一系列事儿，我不禁有些后怕。我钻到后舱拆下了油泵，传感器里面还有冰，但冰没有把传感器完全堵死。跟我那会儿分析的故障情况一样，不是油泵不转了，而是管路里有空气，在高空中造成了空气阻塞。看来当时我让大伙儿反复开关油泵、敲击震动传感器、降低高度，这一系列相对"不专业"也不常规的操作，都是正确的。

问题及时解决了，大伙儿平安降落了，本该是挺值得高兴的一件事儿，我却觉得心理压力更大了。我们这才哪儿到哪儿啊，就飞了两段路，全程的十分之一都不到，就先后出了刹车和油泵的岔子。这后面的路，我心里真的有些没底。

看我不喜反忧，我边上的梁红似乎是读懂了我的心思，安慰说："有事儿咱们解决事儿，大伙儿都相信你。"

"得嘞，先不想了，走一段看一段吧。"我说，"丫头，看看孩子们检查完了吗？完了，咱们撤，在这儿咱们还有任务。"

飞机落地时天刚有点儿放晴，等我们出了机场，雪就下起来了。这里的雪性子也是急，还没怎么酝酿呢，就变成了鹅毛大雪，倾泻而下。

第三章
世界的尽头

风雪夜行无人区

这个地方，曾被沙俄政府和苏联政府封锁了长达74年之久，被称为比古拉格还恐怖的梦魇之地。

堪察加半岛，在俄语里是"极远之地"的意思，位于辽阔的俄罗斯最东面，离美国的阿拉斯加和千岛群岛都只有1000公里左右，但是离莫斯科却足足有7000多公里。在很多俄罗斯人心里，堪察加半岛就是世界的尽头。

这让我想起了我们曾经开帆船去过的阿根廷的乌斯怀亚。往南走，那儿就是世界的尽头，而往东，堪察加半岛便是世界的尽头。

半岛辽阔，面积约有37万平方公里，跟日本全境差不多大，但是这里只生活着约莫30万人，就相当于中国一个小县城的人口数量。一个如此苦寒、边远之地，在堪察加人眼里却是他们的骄傲。在横跨十一个时区的俄罗斯，他们是每天能够最早看见太阳的人。

在计划此次自驾环球飞行路线的时候,在堪察加我就留了个心思。我想去这个神秘的半岛,寻找一群神秘的原住民:鄂温克人。

这个民族在我们国内也有居住群,而部分则生活在西伯利亚和堪察加半岛。鄂温克人大都已经融入了现代社会,生活在荒凉而遥远的堪察加半岛上无人区里的鄂温克人,依然过着传承了若干个世纪的追逐驯鹿、觅草而居的生活。

我很好奇,他们是怎样在这片曾被大众遗忘的荒原上生活,在荒芜、极寒、与世隔绝的地方坚持了下来,并矢志保持与驯鹿共居数百年的?

在国内的时候,我就查过俄罗斯的鄂温克人的资料,还和当地旅游局沟通过。到了彼得罗巴甫洛夫斯克,我离他们的部落就不远了,只有"区区"1000公里而已。

"走,带大伙儿去看驯鹿。"我对全体成员说,"咱们就不休息了,在车上轮流睡。"

租了台车,我们要开车穿越近700公里的无人区,到达半岛上的另外一座小城市埃索,再在那儿租直升机,前往鄂温克人的部落。

听说又是租车又是租飞机的,要穿越近千公里的无人区,大伙儿好奇,这群人到底生活在什么苦寒之地啊?

第三章
世界的尽头

出了彼得罗巴甫洛夫斯克，一看这路况，我心想：得了，我是轮不上休息了，这路只有我能开。满世界都被雪覆盖铺满，全是白的，说是马路，除了跟两边有点儿高度差，一般人压根儿认不出来哪儿能走，哪儿就冲出路基了。

刚出门的时候人精神比较足，天气也还没变脸，虽然我们被远处的火山群阻挡，看不见太阳，但是那些"偷摸"穿过来的阳光映射在茫茫的白色荒原上，还是让人觉得挺美的，有时候甚至会让人出现幻觉，分不清天和地的界限。

路上有些车流，我跟着跑倒也没那么累。几个小时之后，太阳刚落山，冰冷的夜风就赶来值班了，租的右舵车跟我们的大飞机似的，到处漏风，估计我们在车里想睡也难得安稳了。

很快，傍晚微光中的马路上就剩下我们一台车在往前疾驰了，连续200多公里，我们再也没有见着同路人，路旁也不见任何建筑、村落。

"快看，那儿有光。"副驾驶位上的梁红指着前方远处说。

"是个加油站。"我说，"可算有稍稍歇脚的地方了，停车补油，大伙儿集体上厕所。"

到了近前一看，我们都有点儿蒙，说是个加油站，就一间小房子和一个油柜。而且，这条路上往前300多公里，就再也没有加油站了,仅此一家。

迅速解决了"三急",给车加满汽油,本来我还想补点儿机油的,但对不起,没有。这地儿也没法儿住宿,我们还预约了明天上午的直升机,只得抓紧开拔赶路。

天已经全黑了,雪也趁着风势来捣乱,开始漫天乱飞。路面上已经什么都看不见,只剩下我们的两盏孤独的大灯刺向远方。

天越来越黑,风雪越来越大,外面的温度也掉到零下30摄氏度了,我的速度却也越来越快。我担心一会儿暴风雪来了,我们真就困在这前不着村后不着店的路上了。

"老张,你困不困?"梁红搓了搓手关切地问我,"要不换我来开吧?"

"别介,这路况你开不了,危险。"我说,"我再坚持会儿。你们跟我扯点儿闲篇,聊聊天就行,别让我走神儿。"

"你说,咱们都到了俄罗斯了,是不是得入乡随俗取个俄语名字啊。"梁红马上就接上了话。

我说:"得取一个,我早就想好了,你叫Echo-va,艾科娃;我就叫斯内克·伊万科夫吧。"

后面的人接话说:"老大,您后面不带一斯基啊?"

"嘿,都是老司机了,科夫就行了,甭斯基了,咱们现在都是飞行员了。"我哈哈一乐。

第三章
世界的尽头

路程太长了,风雪天、夜行、漏风,这近700公里长途跑下来,真的不比我们昨儿开飞机轻松。远处点点簇簇的灯光,激起了我最后的意志力:"胜利就在前方了,同志们。"

终于到了亮着灯火的小城,我们迅速找了个小旅馆下榻,人特别乏,特别累,但是还没法儿睡,我们得吃顿高热量的麋鹿大餐补充热量。今儿这"饥寒交迫"一路,不好好补充补充真对不住自个儿,也委屈了大伙儿。

吃饱喝足。"大伙儿休息去吧,明天咱们去看驯鹿。"

飞渡埃索

世界像是凝固在水晶球里一样，宁静、祥和。

中午睡到自然醒，推开门看见外面的一刹，我怔住了，感觉像进入了一个童话世界。一夜风雪过后，屋顶、树杈、路面、栅栏……一切都被蓬松的白雪覆盖；阳光在冷空气里像金箔一样洒在万物之上，将时间和世界一起定格。

陆续起床的大伙儿，都跟我一样仿佛置身于冰雪奇缘梦境中，缓过神来后纷纷拿出手机一通拍。

开车赶到直升机起落点，我就跟梁红炫耀："看到没，我昨儿说啥来着，是米-8吧。"

一架橘黄色的米-8直升机静静地停在前方的山脚下等待着我们。看见它我心里就踏实了，身为机械控的我知道这款20世纪五六十年代由苏联米里设计局研发的直升机，够结实，够安全。这些也曾是俄罗斯的军用直升机，退役后就转民用了，流落到西伯利亚和堪察加半岛的各个旮旯里。

下了车，我带着梁红就直奔机舱门，去印证我昨晚的另一个猜测。

"哈哈哈哈，"我和梁红一起笑了出来，果然被我猜到了，机舱的舱门锁坏了，真的是用绳子拴着的。

一架小小的直升机，机组居然配了4个人，正、副驾驶，一个领航员，舱里还有个穿着一身红色羽绒服的向导小姐。

陆续上了直升机，落座之后大伙儿都左摸摸右瞧瞧。王恒说："比咱们的飞机靠谱啊，虽然一样漏风，但是至少每人都有个专座。"

"等咱们的中国造环球飞行完成了，咱们再买一架这种直升机让大伙儿尽情体验。"我应承着并赞叹道，"这直升机是真的不错。"

机组简单地做完飞前检查，就发动了引擎，桨叶飞速转动，搅得机身周围的雪屑升腾而起。

不料，直升机刚离地2米多，就又缓缓地落了下去，出故障了。

兼着机械师的驾驶员爬上机顶去检查、修理，向导小姐怕我们这拨客户心里有想法，赶紧解释："这事儿经常发生，放心，我们很快就能修好。这是我们最好也最安全的一架直升机，你们请放心，没什么大问题，它就是太老了。"

我点点头，我完全相信这架直升机足够安全。苏联军工曾经的那些"老破旧"，都被时间证明了它们的靠谱性和耐久性。

前前后后折腾了一个多小时，直升机终于再次拉升起来，可以飞了。

算上在航校训练的时间，我们跟直升机日夜相伴大半年了，但是我和梁红在这期间是头一回有机会坐在后舱体验天上的感觉。不用自己操控和操心，心情惬意不少。

直升机的飞行高度比我们的运-12要低不少，我们从天上看下去视野清晰度全面升级。雪野里的小城埃索和国内的黑龙江边境小城一样，灰白，萧条，像是凝固在了巨大的山野田园图上。

再往前，就是完完全全的冰雪荒原了，没有房屋建筑，没有光秃秃的树木，也没有高高耸起的山川，只剩下略有起伏的茫茫白原。

飞了一个多小时，直升机开始降高度，找了块看上去比较平整的地方往下落，接地之后又往上拉，再落，重复了几次。我开始还以为直升机又出故障了，但是很快反应过来，荒原上的雪很厚，直升机在降落前没法儿确定停机位是不是平整扎实的，所以就这么起落墩几下，确保安全。

第三章
世界的尽头

待螺旋桨叶搅起来的雪屑落下去,我们鱼贯下了飞机。

向导小姐介绍:"距离鄂温克驯鹿人的部落还有3公里,接下来要换乘雪橇过去。他们过来接你们了。"

驯鹿风暴

他们不像圣诞老人似的坐着驯鹿拉的雪橇,而是骑着非常现代化的雪地摩托,后面拖着钢结构的雪橇。他们也没有穿着驯鹿皮大衣,而是穿着羽绒服、兔子鞋。

"出乎意料,他们跟我想象中的完全不一样。"我一边跟梁红说,一边朝前来迎接的驯鹿人伸过手去握手,打招呼。

他们的面相不像传统的俄罗斯人,更像雅库特人和印第安人。长期生活在低温、严寒之中,他们的面庞一直都透着血红。见到我们这些外来的客人,他们十分热情,脸上一直挂着友好的笑容,招呼着我们分批坐上雪橇,带我们去驯鹿猎场。

所有人分乘三辆摩托雪橇出发,沿着他们来时的车辙往回走。我们坐过各种交通工具,坐雪地摩托雪橇还是头一回。现场氛围十分欢乐,我们都觉得新奇、好玩儿。

第三章
世界的尽头

我们坐在雪橇兜里正乐呵呢,没想到马上就出了意外。平时拉货,不怎么拉人的雪橇突然加大承重,两辆摩托陷进雪里侧翻了。我和梁红看着栽倒在雪里的队员们哈哈大笑,不料突然我们也停住了。前面的雪地摩托疾驰而去,我们的雪橇脱钩了,停在了原地。

在"司机们"处理各种欢乐事故的时候,我和梁红抽空下了雪橇玩儿起雪来。一脚踩下去,雪直接没到了膝盖,我们费了老鼻子劲儿提起腿来,步子还是迈不开;梁红原地后仰,整个人直接陷进了雪里,原地留下一个人形模子。

看来在这儿生活,没有雪地靴和雪橇,人真的寸步难行。

三辆雪地摩托互相拉扯着,终于摆脱了困境,继续上路。后面再没出意外,气氛又变得轻快起来。我们像第一次坐碰碰车的小朋友似的,在雪橇上变换着各种姿势。无边无垠的雪原就是一个超大的车场,不用担心撞车。

"哇,快看,驯鹿,好多驯鹿。"突然间,眼前的雪面出现了一团移动的"乌云",我连忙招呼梁红看。

"这也太壮观了吧。"梁红看过来说,"这得有一两千头。"

我们在北京的动物园里见过三两头驯鹿,在雪原里突然见到一千多头单个有牛犊大的野生驯鹿时,我们都震惊到了。

被惊扰到的驯鹿开始既无序又有序地高速奔跑，它们不是跑直线，而是在绕圈；上千头驯鹿一起奔跑旋转，时而合时而分，驯鹿群一会儿前边探出个犄角，一会儿后面甩出个尾巴……

从高处看下去，就像是一股飓风的风眼一样，驯鹿在雪地里呼啸奔腾，特别震撼与壮观。

"哇，老张快看，里面有一头白色的幸运驯鹿。"梁红拉着我指着驯鹿群里的一头说。她估计是想到我们在阿尔金山遇到的那头幸运的白色骆驼了。

通过向导小姐，驯鹿人向我们介绍着驯鹿的生活习性。

驯鹿们会用嘴和蹄子把雪刨开，吃埋在雪原下的植物。它们只吃新鲜的苔藓，每隔一段时间就要迁徙，所以驯鹿人也只能远离城市，生活在这苍茫的雪地无人区里，跟着驯鹿群逐草迁徙。

荒原上的"百万富翁"

手捧一把盐巴,我们很快就和驯鹿成了朋友。

驯鹿人告诉我们,它们喜欢所有咸的东西,盐粒、汗水、尿液等,说着掏出一袋盐倒在我们手上。很快就有几头嗅到味儿的驯鹿走到了我们跟前,温顺地开始舔舐我们的手掌。

"这也太可爱了。"梁红笑着说。

看着庞大的驯鹿群在雪原上觅食、溜达、嬉戏,甚至打架,这完全是一个与世隔绝的生态,特和谐的一幅画面。

梁红捡到一个驯鹿角给我看:"老张,刚才两头小鹿打架,有一头把鹿角给顶掉了。"

"这倒霉糊涂孩子,角都顶掉了,回家父母都认不出来了。"我们一齐哈哈大笑。

"看,他们在套鹿,这是要干吗?"梁红拉着我看几个拿着绳套悄悄靠近鹿群的人。

"你们是贵宾,他们要宰杀一头驯鹿来招待你们。"向导小姐回答道。

这番追逐,又掀起了新一轮的驯鹿风暴,驯鹿又开始聚在一起无头苍蝇似的奔跑、转圈。过了一会儿,终于有头落单的驯鹿被套住了。驯鹿人将它摁倒捆住,然后拴在了雪地摩托后方。

这场面有点儿残忍,但这就是他们的生活。

接着,他们把驯鹿拖回部落营地。没有建筑,也没有鳞次栉比的茅屋群,只有在雪地里矮矮地趴着的几顶帐篷,四周堆上雪压住角,这些帐篷便是驯鹿人临时的家了。

在空地处现场宰杀驯鹿,趁着血还未冷,驯鹿人直接把杯子放到驯鹿的腹腔里舀上满满一杯血,趁热喝下去;然后开膛破肚取出内脏,在雪地上挖一个坑埋掉,避免引来别的食肉动物。

最后把肉切块清理干净,送进帐篷里去煮。

帐篷门很低,得趴着才能钻进去,里面却别有洞天。帐篷的支架是用木头搭的,外面盖着毡子和好几层塑料布;里面中间生着炉子,特别暖和,跟外面的温差至少有30摄氏度;上面挂着煤油灯,四周铺着毯子,帐篷里坐着老人、妇女还有孩子,这就是驯鹿人的家人了。

第三章
世界的尽头

捧几团雪放在炉子上化掉,然后加红茶进去煮,最后放糖,这便是他们日常的饮品。最后接着煮雪,放鹿肉,等着开锅。

几圈烟巡下来,我很快就和他们打成了一片,烟这东西真是跟各个部落沟通的硬通货。

当我得知他们生病了,会去中国看病时,我惊呆了。为什么要跑那么远?原来堪察加半岛上物资和医疗配套设施都很有限,而且距离莫斯科实在太远,需要一个星期到十天才能到达,而到黑龙江,三四天就到了。

通过向导小姐,我们问起了他们的生活。一头驯鹿可以卖到大概五千块人民币,也就是说,我们眼前的这几个拥有上千头驯鹿的鄂温克朋友,其实都是百万富翁。

他们追逐驯鹿,获取鹿角、鹿肉、鹿皮,然后用这些换取雪地摩托、雪橇、衣服、靴子、食物、电话等生活必需品。

问到孩子的时候,我们得知他们不用去上学,这里也没有学校,送出去上学实在太远。而且孩子长大了还是会回来养驯鹿。

似乎外面世界的金钱多寡对他们的生活没有任何改变,富足与窘迫也没有什么对比,他们的生活就是在这与世隔绝的荒原,与驯鹿为伴。这里是他们的祖先生活过的地方,就是他们永远的家;他们愿意守护这份传统,并世世代代繁衍、传承下去,也习惯了这种孤独。

在某些方面,他们其实和我们一样,生活很难,前路多艰,但是因为热爱,他们愿意坚持下去。这个信念,这股劲儿,才是活着最珍贵的东西。

第三章
世界的尽头

积冰危机,加速俯冲

暴风雪要来了,我们得赶紧离开。

米-8机组联系向导小姐,通知我们准备撤离。还没来得及品尝驯鹿肉大餐,我们便要匆匆和我们的鄂温克朋友挥手作别。

直升机把我们送回埃索,然后我们驾着我们的漏风车连夜开了700公里回到彼得罗巴甫洛夫斯克。暴风雪还是把我们强行留下了,这种天气机场不给放行。

足足耽搁了4天,暴风雪弱了一些,终于得到起飞许可。然后我们就遇到了又一个很棘手的悖论困局。

我们的核准路线,是从彼得罗巴甫洛夫斯克飞往远东地区的阿纳德尔,然后从那儿过白令海抵达北美洲。当时的情况是暴风雪是弱了,但是没退,到阿纳德尔前,我们几乎全程逆风;如果顶着风速四五十节的逆风飞,我们的航程可能达不到，那就只能多带燃油。但是这样一来，飞机起飞超载，就只能减轻其他重量。

我们的飞机在国内修理厂的时候，就已经被我扣减到减无可减了，我们只能减人。

"咱们看这样操作，行不行？"我盘算着，"咱们八个人分两批，四个人开'超级白'按原定路线飞阿纳德尔，剩下四个坐民航飞过去，咱们在那边会合。"

子冠跟机场票务沟通后回复："这路线有点儿绕，咱们得先从彼得罗巴甫洛夫斯克坐飞机往西飞7000公里到莫斯科，再从那儿转机往西折返差不多9000公里到阿纳德尔。"

"这可行吗？"我问，"只要确定能到，咱们也只能人吃点儿亏，折腾点儿了。"

"不确定能到。"他说，"阿纳德尔是个边境城市，那边对到访的外国人管控很严，需要边境证之类的证件。"

"那就是说可能落地就被拘留，或者你到了莫斯科后，他们压根儿就不让上飞机。"我说，"这不行，这条路走不了，咱们再想辙。"

人没法儿分流，空中逆风航程达不到，飞机超重又没法儿起飞。

"不能再等了。"我说，"给航空代理公司打电话，更换路线。"

第三章
世界的尽头

从彼得罗巴甫洛夫斯克先飞到马加丹,在那儿经停后再飞到阿纳德尔。这是唯一不耽搁行程,飞机又能安全抵达的路线了。

回到机场,我们又得开始泄油。这些都是加了防冻剂的燃油,密度不一样,得重新根据航程算消耗。场务说差不多需要泄500公斤燃油,相当于我们得把3天前花钱加上的油,再花钱请人泄掉。

欸,这算什么事儿,泄油比加油还贵,加的时候四块五每升,泄油六块一升。之前加油是为了飞到阿纳德尔准备的,超重了得减人;现在飞到马加丹的距离短,燃料足够,不用减人了,但是油耗少了落地的时候飞机会超重,所以才把我们给逼出来了这么一出乌龙操作。

泄完油,做完外部检查后,梁红核查机场的收费单,确认之后让我签字。我捏着笔边签边说:"咱们飞机上还缺个财务,全都是钱啊,加油要钱,泄油还要给人钱,money啊。让我自己处理这些真的会感觉肉在痛。"

在机舱内做完常规飞前检查,还有因为这几天的暴风雪而多出来的一系列除冰程序:在地面上请加温车升温解冻,请除冰车洒除冰液给机舱和机翼除冰。机场提供了两种除冰液,这个时候我最讨厌选择了,我们的飞机太老,我也不太了解除冰液洒下去会对飞机造成怎样的后果,但是又不得不除冰。

还有在飞行程序上的除冰：螺旋桨除冰，空速管除冰……

"停了4天，手还没生吧？"我问坐在边上的梁红。

"早就成肌肉记忆了，生不了。"她说。

这儿比哈尔滨更靠北，但是温度比哈尔滨高。我们从国内出来的时候太平机场的地面温度是零下18摄氏度，这儿当时的地面温度才零下10摄氏度，因为靠着日本海和鄂霍次克海，受海洋暖流影响。但是这对飞机不一定是好事儿，温度低的情况下，空气密度大，飞机的起飞重量可能更大，发动机的效率也会更高，而起飞难度要小一些。

"人舒服了飞机遭罪，飞机舒服了就该人遭罪。"我自嘲道。

飞机滑行进跑道，跟塔台请示起飞，获批后我们终于得以离开被困多时的彼得罗巴甫洛夫斯克。

上到安全高度，收回襟翼，飞机就进入我们熟悉的飞行操控模式了，人能稍稍省点儿劲儿。但是老天爷似乎在每一段航程中都得给我们来点儿幺蛾子，在空中时舱外温度达到零下40多摄氏度，这样的天气本来是不可能让飞机结冰的，但是我们居然还是遇上了飞机结冰的问题。空域上有很多云，这些云层都是过冷云和混合云，里面藏着0摄氏度到零下20摄氏度的水，这些过冷水滴遇到我们的飞机，就迅速凝结，并聚集成层。

我尽量把飞机控制在云层之上,但是时不时会有散云就在前方飘着,根本避不开。各种穿云,让我们同时遇到了明冰和毛冰。我把各种除冰设备开到最大挡,还是赶不上冰凝结的速度。

虽然飞机外侧只是结了很薄的一层冰,但是这却非常致命。冰层附着在机翼上,影响了机翼的形状,机翼的升力就会降低,会导致飞机不稳定。

"高度6000英尺。"

"高度5900英尺……"

"高度5800英尺,还在持续掉高度。"

梁红在实时汇报,她的语调依然很平稳,但是能感觉到她真的有点儿着急了。我完全没脑子再去回应指令了,此刻我已经把双发油门推到底了,拼命地拉杆试图拉升飞机,但是依然维持不住高度。

说实话,那会儿我的脑子有几秒钟是短路的,空白的。飞机结冰不像是机械故障,我知道怎么排除,怎么修。我们那会儿能依靠的除冰系统,根本顶不住当时的天气情况,对飞行员来说似乎根本无能为力,只能听天由命,等着飞机彻底失速,然后像个大陨石似的砸到地面去。

短暂的空白和内心慌乱之后,我很快清醒过来,这不是认命的时候。我得想办法赶紧离开这片云层冰区，瞬间我脑袋里冒出一个非常规的、很冲动的计划：飞机已经趋于失控下坠，我干脆就直接加速俯冲，这样既可以尽快离开云层冰区，在高速下又能加大机身的抖动，使冰层碎裂，便于除掉。

想通了这一节，我开始下推拉杆，猛推油门。

"速度，注意速度。"盯着仪表盘的梁红觉察出了我的操作异样。

"超速了，要超速了。"身后的小白也大声提醒我。

"超速10%，超速15%……"

我没空接话，其实在这孤注一掷的时刻，我的精神也全集中在了操控上，已经听不见任何声音了。

机身开始剧烈抖动，在一个临界点，飞机状态一下子就稳住了。

"冰掉了。"后舱传来声音，"大块大块地掉。"

此时我长呼了一口气，这场积冰危机算是解除了。我这才缓过神来给梁红和小白解释，刚才飞机已经失控下坠，我还加速俯冲的原因和原理。

"我刚才心都跳到嗓子眼儿了。"梁红说，"虽然我相信你的一切行动一定有你的道理，但是你也不言语，突然来这么一出，我当时真有点儿慌。"

第三章
世界的尽头

我哈哈一笑,说:"刚才事态紧急,顾不上先打报告了。"

"你这个操作除冰法,正经飞行员听了估计得发疯。"惊魂甫定的小白说。

"所以正经飞行员没法儿开着老运-12环球飞行。"我有点儿得意地回答。

接二连三,卫通故障

"前方有浓积云,注意避让绕开。"

好不容易脱离云层冰区,摆脱了飞机积冰的危机,我可不想再来一次。

终于绕出了浓积云区域,眼前一下子豁然开朗起来,这会儿老天爷还送上了顺风。经历了刚才的惊魂一冲,我的心情变得大好。大伙儿可能没法儿理解我作为飞行员做出非常规操作化解一场致命危机的成就感,事实是那会儿我的心态已经完全放松了,甚至想来个特技飞行庆祝一下。

"梁红,换我来操作,你拿出手机拍仪表盘,拍那个地速表。"我说。

"好,你接过去。"虽然好奇我要干吗,但是她没问。

我直接把油门给踩进底板里,开始加速。

"地速374,地速381……394,397,400,401!好了,超

侣行 IV

云上六万公里

> ___ "在雪地里撒点儿野。"

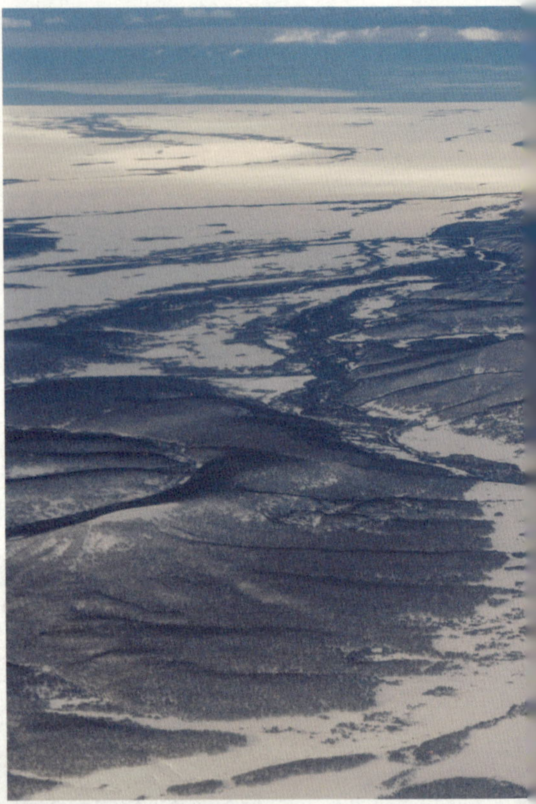

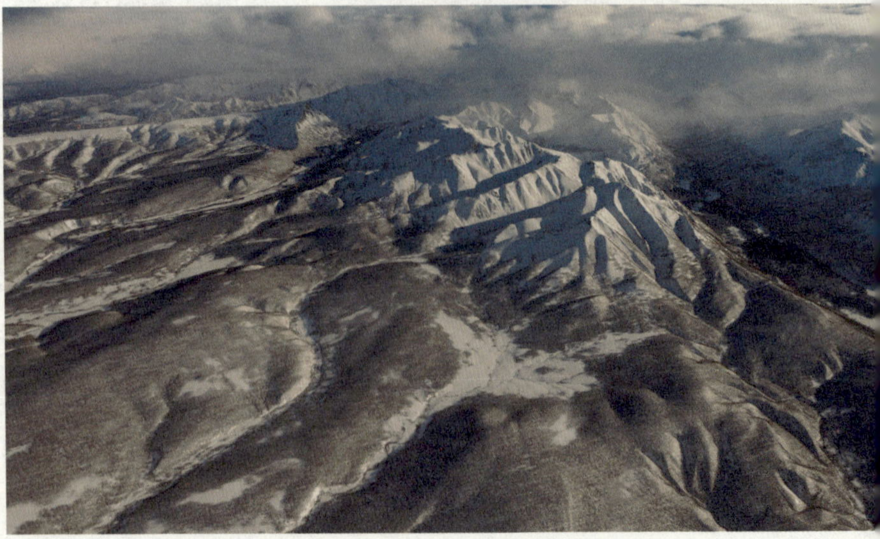

♀__ 抵达"世界的尽头"

♀__ "世界的尽头"的模样

📍__ 纯白的驯鹿

📍 堪察加的主人

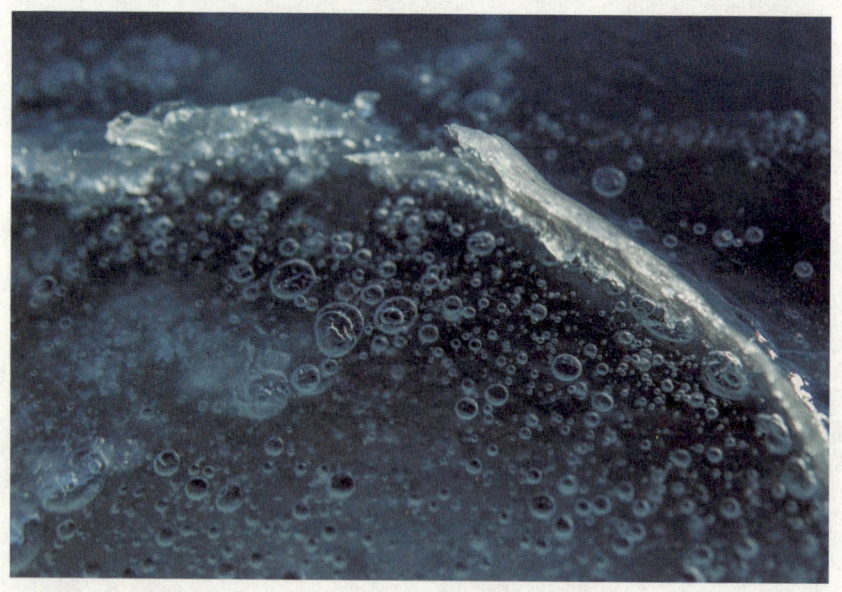

📍 另一个角度的世界

♀ 偶遇俄罗斯的"日照金山"

📍 偶遇俄罗斯的"日照金山"

第三章
世界的尽头

速了,飞机开始抖了。"梁红惊叫道。

我"嘿嘿"一乐,问她:"速度到400的时候你拍到了吗?"

"拍到了。"她答,"你要干吗?"

"真过瘾啊。"我哈哈笑道,"别看咱们是运-12,咱们也能飞到地速400公里每小时!"

当得知我就是趁着心情好,想破个纪录时,梁红是又好气又好笑。嘿,她当然能懂我有时候的小孩子脾气。

维持好状态,心情愉悦地平稳飞了约莫300公里,顺风过去,我们又到了顶风飞行的航段,逆风达到了9级。

这会儿负责通过机身外布置的摄像头监控飞机状态的金星发现了问题,赶紧汇报:"报告机长,机顶上的那个卫星通信天线(后文简称"卫通天线")一直在抖动。"

"啊?"我放松了一路的心弦,一下子又拉紧了。我没法儿回身去后舱看监控,说:"再次详细描述故障情况。"

"机顶上的卫通天线出现了松动,应该是有颗螺丝松了,一直在上下剧烈抖动。"

"是局部抖动还是整个都在抖?"我问。

"整个卫通天线都在抖。"他答。

"甭看监控了,你到后舱隔间里卫星通信下方抬头看一眼情况再汇报。"我说着,同时心里琢磨着怎么会出现这种情况，应该是在出积冰区的时候，那阵儿加速俯冲导致机身剧烈抖动，把卫通天线给震松了。

"左边的螺丝松了，漏出来一个洞，卫通天线已经移位，在不停地抖动，拍打机舱顶部。"他回报。

"你看一下螺丝还在不在？"我问。

"螺丝还在，晃动非常严重，处于快要脱离的状态了。"他答。

"螺丝没断对吧？你找个尖嘴钳，试着拽一下那颗螺丝。"我说着对策。

"拽不动，我再试试。"后舱实时回报。

这又是一个致命的问题。卫通天线在飞机顶部的中间位置，是我们在飞机上和后方的北京联络通信用的。这东西要是在高速飞行的过程中松动脱落了，就会撞上后方的垂直尾翼，之后会发生怎样的后果，谁也无法预料。

那会儿我脑子里一边在想着紧急处理方案，一边逐渐给飞机降速，看能不能对后舱夹住螺丝有帮助。

经过一番尝试，后舱终于传来好消息："螺丝夹住了。"

"好样的。"我暗喝了一声，接着问，"震动幅度还大吗？"

"从监控看，震动消除。"后舱答。

得到这声回应，刚才一度紧张得麻木的四肢总算松弛了一

第三章
世界的尽头

些。我说:"好样的,金星,得辛苦你夹住了,一直到落地前都不能松。然后,王鹏,从监控看机顶蒙皮被撕裂了多大的口子?"

"裂开了两道,不到指甲盖大小。"王鹏答。

我心想着,那还行,还不至于继续扩大,把飞机拉开撕了。后面这100多公里航程,就要辛苦金星顶住低温,当个人肉螺丝,死死地钉在那儿咯。

危机虽然得到了缓解,但是在完全解除之前,所有人都没法儿放松,机舱里大伙儿各司其职,再次陷入了专注的沉默。

眼看离目的地马加丹机场越来越近,突然飞机抖动,猛然晃动了一下,但是马上又恢复了正常。

"啊?刚才怎么回事儿?"梁红问。

我说:"撞上一个强气流,海陆交界,轻度风切变,但是它马上溜走了。"

离机场跑道越来越近,卫通天线故障还悬在头顶,前面还顶着达到运-12极限的28节侧风,还有随时可能撞上的隐形气流。我死死地把着操纵杆,让梁红紧盯着速度和高度。我心里特别清楚,这会儿飞机的姿态一度都不能偏,出一点儿岔子我们可能就近距离偏航,错过了跑道就没法儿落了。

"高度100米,时速210公里,可以降落。"梁红汇报。

"注意，跑道有积冰。"小白说。

我拼命地压住操纵杆，让飞机以一个大角度侧滑的姿态顶住侧风，对准跑道开始进近。"梁红，赶紧，带杆，帮我使劲儿压住左盘，我一个人压不住。"

"收到。"她知道这次降落的特殊性和危险性，迅速开始了同步操作。

强烈的侧风和积冰的跑道，让这次降落充满了不确定性，飞机特别容易横滑甩出跑道。我只能让梁红帮我压住左盘，将飞机斜过来迎着风侧滑降落。

在飞机接地的瞬间，我迅速一脚把舵蹬到底，然后缓缓掉速，拉正机头方向，最终飞机稳稳地停住了。

"金星，可以撒手了。"我招呼后舱，"辛苦了，冻坏了吧？"

举着胳膊下来的金星，早已冻得说不出话来。

庆幸，这是我落地之后心里想到的唯一的一个词。

刚才真的太悬了。陌生的机场、侧风超限、跑道积冰等严峻挑战瞬间堆到了眼前。一个不小心要么落不下来，要么冲出跑道。我更要庆幸起飞前的那个泄油决定，那会儿要是舍不得那500公斤油，这会儿在这么大的侧风和打滑的情况下，大重量降落，飞机接地非出毛病不可。

第四章

CHAPTER 4

你好，北美洲

- 奔向远东
- 折叠白令海
- 第一次夜航
- "再见"安克雷奇
- 飞机上的阿拉斯加
- 雪地飞行训练
- 北京遇上西雅图

奔向远东

每一趟出发,都要全员围着飞机前后检查。对飞机的呵护远比照顾宝宝或者恋人仔细,容不得半点儿疏忽,一个不留意就要攸关性命。

熄火做了停机检查后,趁着油车过来给飞机加油的空当,我跟机场要了维修服务,过来把卫通天线重新固定住,然后把蒙皮的缺口补上。

在马加丹补燃料,处理故障。在机场附近找了家旅馆歇了歇脚,第二天一大早就马上回到机场赶路,直奔俄罗斯远东的边境城市阿纳德尔。

依然是详细的飞行前检查这一固定流程,特别是经历了前几段航程中,发动机舱卡扣没扣严实、油泵气阻、积冰、卫通天线螺丝松动这些问题后,我们更得细心谨慎,滴水不漏。

我总是会担心大伙儿粗心大意,记得这儿,忘了那儿,查了上面，漏了下面，我和梁红每个程序都得自己来一遍遍地检查，齐活儿了我还得再过一次。倒不是信不过大伙儿，这飞机就数我最熟，我们也不能总在天上出了故障，再寻思亡羊补牢。我们能过第一关、第二关、第三关，但是没有人能够保证我们次次都能涉险再过下一关。

老旧航空器，人力要承担的太多。我们手边都备着纸和笔，做了哪些执行、哪些操作等，都要记下。

一大串检查完后，我说了一句："飞行员压力检查。"

梁红一愣，然后看着我笑着说："目前状态正常。"

"好了，跟塔台申请起飞，咱们出发。"我说。

经历过几次"劫后余生"，到了这一站，所有人的心态都发生了明显的变化，不会露怯了，遇事儿也更加淡定了。至少在自个儿的心底，我们都有一个自信的认知：我们已经不是飞行菜鸟了，都把自己摆在了老鸟的位置。

虽然我们还没有出亚洲大陆，但是已经先后经历了刹车故障、油泵故障、卫通故障和高空积冰等，别的飞行员可能一辈子都不会遇到的考验，我们在4000公里之内全遇上了。

在极限考验下成功走过几遭的人，那种心理上的成长和蜕变是跃升式的。

马加丹飞阿纳德尔这一程不算很远，我们不用再去做油耗、距离和起降配重等复杂的算数和选择了。加之所有人心态轻松,我们真的是全员头一回如此轻装上阵。

清冷的空气,云朵像是被冻住了,它们被定格成各异的状态,像极了各种艺术冰雕。远处的雪山和云朵呈一个颜色,让人有点儿分不清楚我们到底是在云上还是云下。

梁红的几声咳嗽,打断了我的注意力。从哈尔滨出发时,她就患了感冒,本以为挺一挺就过去了,没想到这些天一直没见好。之前她没法儿吃药,吃药的话,通不过飞行员药检,而且还会在天上的时候犯困、嗜睡。

在彼得罗巴甫洛夫斯克滞留了几天,我终于可以带她去医院开点儿药,没想到至今还没好利索。

"丫头,忍住不要咳嗽。"我关切地说,"咱们飞机没有增压,高空温度又低,咳嗽会引起肺水肿。"

"我不想咳嗽,但是肺很难受,忍不住。"她又咳了一声,回应道。

她的语气里没有委屈,也没有埋怨,满是倔强。我拍了拍她的肩膀,很心痛,但这会儿完全无能为力,只能相信我坚强的媳妇儿能够自己克服。

第四章
你好，北美洲

折叠白令海

抵达俄罗斯阿纳德尔。

这是我们从哈尔滨出发以来最顺利的一段航程，飞机没再闹小性子，也没有特情天气捣乱，虽然不太顺风，但是一路顺利抵达。

天还没黑，我和梁红决定去海边走走。小雪花一直在断断续续地飘着，我牵着她的手，她转过来扶了扶我的领子，掸掉沾在上面的雪。走到海边，因为受太平洋暖流的影响，这边的近海水域没有完全结冻。我们俩站在雪里，一起眺望远处的大海。

白茫茫的一片，这广袤天地里此时此刻仿佛只有我和梁红存在。我不知道当时梁红的心里在想什么，反正那会儿我的脑子终于从长久以来被飞机和航程等问题捆绑的枷锁里挣脱出来了片刻，全是我们曾一路走过的一些珍贵画面。

一只凫出水面的野鸭，让这个静态的画面动了起来。它破水而出，缓缓地在我们面前游过，留下一道涟漪，飘然而去。

和梁红相视一笑，我搂过她的肩膀开始往回走。今天飞了两程，不管心态怎样，身体是真的特别疲乏。我召集大伙儿饱餐一顿，按例做完飞行总结，就放大伙儿赶紧去酒店休息。

其实我也有点儿私心，想让梁红好好睡个暖和觉，能够把感冒甩掉，以便我们明天开开心心、舒舒服服地飞越白令海。

回到房间里，瞬间睡意又消了大半，脑海再次被飞机的事儿完全占据。明天就要离开远东，越洋跨白令海去彼岸的美洲了。并不是有什么不舍，而是我们得看实时气象图，要把天气、空况等不可控因素，全都考虑到。

我们又起了个大早去机场，雪还在没完没了地下着，黎明时分的风有点儿割耳朵。其实我也心疼大伙儿，但是没辙，这些事儿必须做。看着他们惺忪的睡眼，我只能用《孟子》来煞有介事地鼓励大伙儿：天将降大任于是人也，必先苦其心志，劳其筋骨，饿其体肤，空乏其身，行拂乱其所为，所以动心忍性，曾益其所不能……

第四章
你好，北美洲

各项检查完毕，获准起飞。

昨天的雪下得太大、太厚，这会儿还在零散地飘着。请了引导车出动，我们只能跟着引导车上跑道滑行。走到一个转角处引导车撤了，我们看不见基准线，两旁的边界线也都因积雪而模糊不清了。我们只能靠飞机舱外架设的摄像头所拍摄到的监控画面来辨认方位，然后由后舱通知给我。

加速，拉升，离地，顺利起飞。

临近中午的天空还是灰蒙蒙的，我们从飞机上往下看，什么都朦朦胧胧的，城市和旷野一片模糊，我们的飞机则像是在逃离一片迷雾。飞机升起来没多久，视野好了一些，但是天空夹着雪花，又下起了雨。神秘的远东大陆，在地图上只剩下一点儿尾巴，我们终于快要离开亚洲版图了。回想这一路，从哈尔滨出境到南萨哈林斯克，再跨越鄂霍次克海到堪察加半岛，然后经马加丹到远东的尽头阿纳德尔……环球飞行的开端确确实实是最难的，除了新手上路和飞机故障频发这些原因，这一段极寒、多雪、多冰的天气，地广人稀所导致的超远的航段，都是给我们的下马威与经验。

"不容易啊。"我感叹道，"到了北美洲就好了，接下来咱们往南开，天气会越来越暖和；而且在飞越大西洋之前，再也没有超远的航段了。"

梁红点点头，露出笑容感叹："啊，咱们要飞往春天啦。"

我笑着看了看身旁的傻丫头，说："且早呢，对面的阿拉斯加也还处在冬天。"

小白接茬："从阿拉斯加到加州（加利福尼亚）西海岸，也就老大您一脚油的事儿。"

刚才还雨夹雪，这会儿远方地平线处的太阳探出了头，日出了，一抹红霞飘在海天交界处。第一次有个平缓的心境在天上看日出，我们一边操控着飞机，一边默默地欣赏着这个居高临下角度的日出，太美了。

在严苛的行程中，大自然突然的馈赠，便是我们在路上经常撞见的惊喜。

终于飞离大陆，甩开了蜿蜒曲折的海岸线，飞机进入一片龟裂的广阔的结冻海域上方。巨大的结冰层，像是遭了旱灾之后的大地，不规则地裂开。

再往前，我们突然从白色世界闯入一片蓝色世界——天蓝，海蓝。天空像是变色龙，在陆地雪原的映衬下，它是惨白色的；飞机进入了海域，天空又被渲染成淡蓝色的；刚刚太阳出来，天空又带着红晕。

重回白令海，我们像是在一块无边的淡蓝色琉璃上滑翔。我下意识地低头看向窗外，企图在海面上发现一艘飘着五星红旗的小帆船。那一瞬间我有些恍惚，仿佛时空重叠了：此

第四章
你好，北美洲

时此刻，我们驾驶着飞机飞在白令海的上空，2013年的我们驾驶着帆船漂荡在海面上。

此时的我们看不见彼时彼此，没法儿对话，但是又好像能够感应到彼此。

第一次夜航

"这次没法儿我在昨天,你在今天了。"在飞过国际日期变更线时,一段浪漫往事同时浮现在了我和梁红俩人的脑海里。

2013年我们开着帆船去南极结婚,在白令海跨越国际日期变更线时,我把船横在了这条看不见的线上,我俩一人身在船头,一人身在船尾,她在8月17日,我在8月18日,相望而笑。

这次开着飞机,飞机不可能在空中悬停,我们也不能一个留在驾驶舱,一个去后舱,不可能yesterday once more(昨日重现)了。"那咱们这次就肩并肩地从昨天一起飞向今天。"我说着,想去牵她的手,可我俩都忙着操控飞机,真没什么浪漫空间。

"纪念时刻,13点28分,咱们又过一回国际日期变更线。"梁红一直盯着时间掐表呢。

第四章
你好，北美洲

我说："咱们之前出国往东飞，一直在亏时间。这次好了，咱们回到昨儿了，总算捡着了一天。"

太阳逐渐被甩在了身后，一弯半透明的月亮攀上了前方的天际，夜幕逐渐笼罩了过来。

夜航，我们又进了新的副本（在游戏中指某个地图或场景）。

经历前几次转场的考验，我们在心理上刚觉得自个儿如小鹰展翅可以扑棱了，这第一次实操夜航，瞬间又打回了菜鸟原形。

夜晚打开灯，机舱内第一次变成了猩红色的。没有目视的能见度，没有任何能够感知到的参照物，我们只能把所有的期待都交给仪表，借助仪表盘来保持飞机的稳定行驶。这架飞机没有自动驾驶功能，我们俩得交替盯着。

"咱们可有点儿危险啊。"我说。

"怎么了？"梁红疑惑地问。

"咱们是老飞机，防撞灯的那光还没我的手机手电筒亮。"我说，"我怕航路上有别的飞机，到时候看不见咱，追尾了，这算是谁的责任啊，到时候谁赔谁啊？"

"这种极小概率的事件不至于发生。"梁红说，"快别乌鸦嘴。"

我让小白跟塔台和北京的烟斗保持通信畅通，保证航路有情况时能够立马做调整。

在黑夜中聚精会神穿行了一个多小时，我对小白说："确认一下咱们是在280度径向线上吗？"

"咱们……"耳机里传来一阵电流声，断了信号。

"什么情况？什么情况？"我抬手扶了扶耳机，没有得到任何回应。

小白拍了拍我的肩膀，张了张嘴好像在说什么，在巨大的引擎噪声下，我什么也听不清。他指了指我的耳机，又指了指自己的。看来是信号出故障了。

我歪头对他大声喊道："赶紧调试通信系统！"

经过一番折腾，舱内通信系统终于恢复正常了，但是外部通信还是不行，跟管制的联系时常中断。后来，就直接是无线电静默了，我们完全收不到声音。

"夜航，没管制指令，这可不行。"我说，"这不是大半夜的盲人骑瞎马吗？抓紧调试。"

每隔两分钟我就问一次："有了吗？"

"还是连不上。"

夜航本来就什么都看不见，还和管制失联，相当于导航也没了。我们应该是丢了塔台的频率了，真是要了命。我正焦头烂额琢磨着又得逼出什么极限操作时，突然通信系统里有声音了。

第四章
你好，北美洲

"您好，B-3804。"

"啊？"我和梁红、小白都一愣。那一瞬感觉到的不是通信恢复的惊喜，是里面怎么突然出现了令人亲切的中文男声。从离开哈尔滨开始，我们就再也没听过外人说中文了，更何况我们当时都已经过了白令海，到了北美洲空域了。

"您好，B-3804；这里是华航5147。"我们愣神的工夫，通信系统里再次传来那个中文呼叫声。

"收到，华航5147，您好，这里是B-3804。"缓过神来的梁红赶紧应声。

"B-3804，您好，安克雷奇机场管制收不到您的信号，请您呼叫频率133.7。"

"收到，谢谢转告，谢谢5147。"

"好，频率133.7，再见。"

"133.7，收到，谢谢，再见。"

"再见。"

梁红边调整通信电台频率，边朝我看了一眼。那一刻，我们都有点儿情不自禁地要落泪了。又一次，又一次，在我们失去方向，面临困境的时候，通信系统里突然传来同胞的声音，给我们解了围。

上一次还是2014年1月，我们驾驶着"北京号"帆船去南极，在德雷克海峡的滔天巨浪里与外界失去了通信，迷失了方向,在绝望之时,离家两万公里之外,电台里突然传出来中文:"您好'北京号',您好'北京号',这里是长城站。"

不管是在数千米的高空之上,还是在万里汪洋之中,我们总能在关键的时候获得"家乡"的声音所给予的力量。那种时刻,怎会不让人热泪盈眶!

第四章
你好，北美洲

"再见"安克雷奇

第一次夜航，还是飞白令海这种跨洋航程，距离远，我们的飞行高度偏低，这导致空中管制呼叫不到我们。他们使用了通用频率呼叫了空域之内的飞机，一架经过的华航飞机收到消息，直接以中文呼叫我们，转告管制频率。

"好人哪。"我说，"他乡遇故知，还是同胞亲。"

来了这么一个插曲，机舱内的氛围一下子热闹起来。听了一路的大舌头西伯利亚英语，大伙儿的一颗颗小红心都被突然而来的几句中文激得活跃了起来。

恢复了与塔台的通信，跟地面取得了联系，及时修正了航向后，我们已经身临北美洲大陆上空，距离安克雷奇机场还有一个小时的航程。

夜空之下终于亮起了万家灯火。一路上，我们经过的都是荒原、旷野、海洋和边境小城。此刻，我们重新进入了灯火辉煌的现代文明世界。

"速度每小时190公里，高度1000英尺。海陆交界，注意颠簸。"

"时速180公里，近台60米，降落合适。"梁红在实时向我通报数据。

"着陆灯打开。"我说。

小白这时也提醒："跑道有雪，刹车制动的效果有所减弱，注意着地速度和滑行状态。"

"没事儿。"我笑笑说。

大机场，长跑道，全程有地面指示灯，连塔台指令的英语也清晰许多，飞机在这样的条件下落地要容易许多。当然，说归说，我的精神并没放松，这毕竟是我第一次在国际机场夜航降落。

飞机在跑道上缓缓降速，机舱内再次响起掌声和欢呼声。

"咱们这才算真正地落在美国了。"我一脸轻松地对大伙儿说，"这是我们第一次跨大洲、跨大洋、跨昼夜飞行，航程1700公里，还不错，平安落地。"

引导车出动，把我们带进机库。

"嘿，真不错，大城市就是好啊，'超级白'可以进机库住着了，不用在外面停机坪冻着了。"我说，"金星，今儿不

第四章
你好，北美洲

用拆电瓶了，它在机库里冻不着。"

我依然很疲惫，但是身在灯火辉煌的现代都市里，感觉所有人的情绪都很不错。之前，不管是从黑龙江出境，还是进入库页岛、堪察加半岛或者俄罗斯远东地区，我们身处之地多是灰色调的荒原旷野和暗淡的大海。虽然阿拉斯加也是一个以荒原为主的州，但是此刻的安克雷奇市，对我们来说已经足够五彩斑斓。

此外，我和梁红在阿拉斯加州安克雷奇市还有非常美好的记忆。

2013年，我们自驾着"北京号"帆船，曾抵达阿拉斯加的荷兰港，然后辗转到安克雷奇购买修理帆船的配件；还记得当时给我们当向导和司机，为人特别友好的安妮阿姨。我们顺道赶了一趟本地的市集，还坐轮渡看到了万年冰川，令人惊喜。

时隔6年，故地重游。这次开着飞机经停安克雷奇，我们有两项任务：第一项依然是采购配件，这次是供飞机所用的。一路走来，"超级白"的小病小痛不断，在这儿我们得给它做个全身会诊。第二项任务，就是我们得在阿拉斯加"补课"，学习雪地飞行和雪上降落。我们在国内的飞行训练，都是按照正规的教学大纲来的，不涉及雪地起飞、降落、停泊。而我们要去的南极，冰盖上常年堆积着厚度不一的积雪，以及藏在雪层下面的致命裂纹。所以这一课，我们需要在阿拉斯加补上。

地处北极圈，全世界飞行器拥有率最高的阿拉斯加，无疑是最全的飞机配件采购市场，也是最好的雪地飞行训练场。

第四章
你好，北美洲

飞机上的阿拉斯加

阿拉斯加，是一片存在于飞机之上的土地。

这块从沙俄手里廉价买来的飞地，是美国面积最大的一个州，也是人口密度最小的一个州。170多万平方公里的土地，只生活着不到80万人。

地广人稀，旷野荒凉，很多地方根本就没有修路。所以，飞机便成了这里的居民最常用的交通工具。出门旅行、下地劳作、邮件物流都依靠飞机，甚至人们上下班都开飞机，还有"飞手"开着飞机送外卖到家，等等。

总之，这儿的飞机普及率非常高。家家户户的院子里都停着小飞机，这些飞机甚至可以停在路上，也不怕跟车抢道，还可以直接推到加油站去加油。

对飞行员来说，到了阿拉斯加，算是到了飞机博览会了。

我问了一架小飞机的主人，询问他去哪儿可以买到我们需要的飞机配件。他推荐了一家航空用品店，说："在那儿，你可以买到任何你想要的关于飞机的东西。"

"有点儿悬。"我笑着对梁红说，"'超级白'在国内那一顿翻修，咱们几乎把全国都搜遍了，山东的螺丝、广东的卡扣、北京的滤芯、黑龙江的泵。"

我们进了一家像国内仓储商超的航空用品店，别说，一眼看去真叫个琳琅满目。各种仪器、配件、表盘应有尽有不说，连飞行夹克、徽章、飞机模型、墨镜、耳机等，一应俱全。

各种配件有全新的款式，停产机型也能在这里找到相应的配件，只不过是从别的飞机上搜罗过来的二手货。

我们逛了一圈，新货有点儿贵。这趟环球飞行之旅后面的路还长着呢，经费吃紧，我们换了家二手店。

"先找块双模高度表。"一路走来，飞行高度换算是件挺烦琐的活儿，在国内是米制，到了美国就变成英美制了。有了这个表，我们能省点儿事儿。

除了高度，很多单位随着我们所在地的变化，都得换算。像油、升、磅、加仑也是换着来。

最后我放弃了买二手高度表。我在那家店里粗略扫了一眼，各种高度表的款式确实很多，但是我看到有些表盘的外罩玻璃都裂开了。这明显是从事故飞机上拆下来的，高度表盘摔成这样，飞行员大概率是罹难了。

用这个，心里有点儿瘆得慌，也不吉利。

第二天回到机场拾掇飞机，该换的配件换，该修的修。今儿我得从飞行员身份转换成机械师。

机场是有专业机械师的，但是我们没请。一方面是太贵，另一方面是他们根本没见过这款30多岁的中国老飞机，上手不一定比我靠谱，所以我决定自己来。

"今儿咱们得先把刹车问题给处理咯。"我说，"上工具箱。"

把藏在机舱底部的液压系统拆开，就费了老大劲儿，鼓捣飞机的机械是门精细活儿，一点儿纰漏不能有。弄下来之后，各种检校、测试，问题找着了，但是我是真的搞不定。这活儿不仅要技术，还得要经验。

"梁红，现在国内是几点？"我问她，"咱们得找外援，联系飞龙的师傅。"

她看了看手表，说："国内早上9点多，应该不打扰人休息。我给张师傅打个电话。"

"直接拨个视频，请他给咱们远程指导一下。"我说。

隔着手机摄像头，我把这边的情况边拍边说，国内那边指导我们同步操作。果然姜还是老的辣，在飞龙的师傅的远程指导下，我们彻底清除了液压刹车系统的故障。

"师傅牛，你也挺牛的。"梁红禁不住夸我，"靠着视频连线，你也能够把它给倒腾明白了。"

雪地飞行训练

阿拉斯加的飞行员,是一群刀尖上的舞者。

我和梁红在一家雪地飞行学校报了名,然后便转场去机库。到了目的地我眼前一亮,这地方以前夏天我来过,这会儿完全是另一番光景。偌大的霍德湖,在冬天完全结冻,变成了世界上最大的小飞机停机坪。

湖面的雪地上像是办了个小型飞行器展览会,停着各式各样的小飞机。各种款式的雪地飞机停在雪中,机罩之外全被盖上了一层白衣;这些飞机底部都带着两个降落雪橇,专门用于雪地降落。除此之外,还有小机身、大轮胎的越野飞机,可以在雪面、沙地、河床等复杂地形降落。

我们简单参观了一下,K2、德哈维兰、Navajo……各种型号的单引擎小飞行器应有尽有。这些飞机的"额外配件"引起了我们的好奇,可能全世界就只有在阿拉斯加才能见到。

有的驾驶舱上装着猎枪匣，配枪以防备在野外起降的时候遇见熊；有的起落架上装着消防斧头，飞机如果在降落时被树枝、藤蔓卡住，可以用来清理。

"这……"梁红看着这些"额外配件"很诧异："阿拉斯加的飞行环境得多恶劣啊？难以想象在国内飞机在起降的时候会遇上大型动物，或者被树枝卡住；如果有这种情况，只可能是飞机发生事故坠机了，这些设备也根本没有机会使用。"

给我们指配的雪地飞行教练，是一位50多岁的大爷。他人很热情，常年生活在寒冷的北极圈，脸上一直呈那种深醉之后的酒红色。

大爷推出一架德哈维兰单引擎"海狸"，简单做了一下飞行检查，然后让我坐进狭窄的驾驶舱，让我感受一下操作空间和系统，他就趴在机舱窗沿，给我介绍、讲解各部件的作用、操作方法。

这种小飞机内部空间十分逼仄，没法儿像在国内的时候一样跟教练"排排坐"，且并行指导，在地面的时候一人得在外面站着，飞起来的时候也只能坐在你的后面探着脑袋指挥。

这种小飞机的操作系统比大型飞机和我们的运-12这种中型飞机要简易许多，很多使用方法和操作手段都是共通的，但是在阿拉斯加开这种小飞机，对驾驶员的要求却比开大飞机更高。

第四章
你好，北美洲

首先，飞行前不用向塔台申请备案、申请航线等，只需要向管理局打个电话报备一下就行："我要起飞了，我要从哪儿到哪儿，我的预计高度是多少。旁边有没有飞机……很简单。对方回复了就起飞；如果没回复，照样飞！"在天上也没有什么自动驾驶、仪表飞行等技术机械设备支持，完全遵循目视飞行规则。

接受过国内标准的飞行训练，深知飞行的严谨和规范，以及出事故的严重后果，在阿拉斯加遇见这样"松散随意"的飞行环境，我和梁红惊诧得说不出话来。不过，我们很快也就理解了，在这样地广人稀的荒凉大陆，小飞机很多，日常生活使用频繁，所以航空条例和管理程序就没法儿十分严格、细致、精确。

对飞行员的另外一个考验，便是一年四季都在呼呼吹着的大风，在冬季还是风加雪。小飞机的自身重量有限，而且也不能飞太高，所以风对飞机的影响非常大。小飞机还没有办法依靠仪表飞行，在天上风中摇摆是再正常不过的情况，这会儿就得完全靠驾驶员的技术来控制飞机的飞行姿态。

高自由的代价必然是高风险，阿拉斯加也因此成了世界上小飞机事故高发的地方。可是，这似乎又没法儿避免。严苛的生存、出行环境，不可避免的地缘气候，决定了人们只能选择这种"在刀尖上舞蹈"的生活方式。

飞行教练坐在驾驶舱，我坐在后座侧头观看、学习。他带着我飞了三次。雪地滑翔起步，中速拉升，空中转向、盘旋、变换高度，还有在侧风巨大的情况下维持飞机姿态。

说实话，在风雪中驾驶小飞机，人心里的安全感确实不足。感觉我们在天空之上太单薄了，飞机时时刻刻都在颤抖，随时可能被风吹走，被雪压趴下。

这还是我坐在后座的感受，到我坐到驾驶舱的时候，那种身体上的感受会更加直观、剧烈。

"Snake，下一趟你来飞。"再一次颠簸着落地之后，教练摘下帽子和手套对我说。

"这么快？"才跟着他飞了几趟就要亲自上手了，我有点儿担心，但是也有点儿期待。

绑好安全带，戴上面罩、耳机，调节各种按钮，发动引擎，前桨叶开始飞速旋转，一个轻微的后挫抖动之后，飞机开始动了，在湖面雪地上滑行——不能说是滑行，因为飞机有点儿跳跃，雪面不是实地，很不平整，前桨叶转动，在雪地里搅起了一团雪雾，正前方的视线瞬间受阻，一片模糊。凭着飞行前的目视感觉，我要在很短的距离内完成加速，拉升离地，腾空飞翔。

飞机小、重量轻的一个好处，是它不需要过长的起速跑道和很重的拉升动力。

第四章
你好，北美洲

升空之后，在天上毫无阻力的风便肆无忌惮地朝我们的飞机袭来。几百公斤的飞机在空中上下颠簸、左右摇摆，像是汪洋中的浮萍一样脆弱无依。

我紧紧地握住操纵杆，努力地在大风中维持住飞机的姿态。我还是第一次在这样恶劣的环境下飞行，只能强逼着自己操控得更加细致、精准。之前坐在后座的那些颠簸、飘摇感，这会儿在驾驶舱里果然成倍增加了。身心都用力过猛，我感觉飞得特别累。

"不要紧张，放松一点儿。"教练在后座拍着我的肩膀开解我，"这在阿拉斯加就是常态，你的起飞非常不错。"

我稍稍习惯了对这种小飞机的操作和驾驶飞行的感觉之后，开始按照教练的指示，尝试一些飞行技巧训练。然后就是第一次降落，之前我坐在后座跟着教练落地，每次心都蹦到了嗓子眼儿，这下要自己来了。

在空中目视找好降落点，预估滑翔距离，然后让飞机降速，下降高度。跟运-12所停靠的机场跑道不同，这次降落是砸到雪里，因为不是实地，所以飞机不能一次直接完全接地，要反复几次试探性地接地，这在机舱外面看起来就像是飞机在雪地里跳跃似的，最后控速着陆。

"非常完美。"飞机落地后，教练对我竖起了鼓励的大拇指。

梁红过来问我感觉咋样。"还不错,第一趟有点儿紧张。这飞机太轻了,空中的风又大,飞机的姿态稳不住,操作有点儿吃力。"

休息几分钟,然后开始飞第二趟。我逐渐找到了感觉,这倒不是熟能生巧。天有不测风云,不规则的风、无形的气流,你真的没法儿摸透它们的脾性,只能在空中去培养自己那种飞行的感觉,形成能够熟练应对的操作习惯。

一趟又一趟,一下午经历了差不多30个起落,我开始能够使用雪地飞行的各种驾驶技巧了,跃升、俯冲、盘旋、侧风斜飞、加速冲刺、空中滞速滑行等。

"咱们的'超级白'在南极雪地起降,我心里有谱了。"

侣行 IV

云上六万公里

○ 阿拉斯加的"飞手"

📍__ 从冬天飞往春天

阿拉斯加的蓝色冰川

📍__ 地球的纹理

📍 地球的褶皱

📍 云上日落

📍___ 抵达北美洲

📍___ 飞越碎冰区的小飞机

📍___ 静静的"超级白"

北京遇上西雅图

暴风雪席卷阿拉斯加，我们又被困住了。

在北京后方的烟斗发来消息，未来几天我们这一整块区域，都是暴风雪夹强降雨，航空公司给我们制定的飞往西雅图的路线根本没法儿执行，我们过不了阿拉斯加湾，安克雷奇机场也不放行。

"老天爷又想留我们在这儿多待几天。"我对大伙儿说，"暴风雪，没办法，那咱们就休整吧。"

这几天里，我们去参观了著名的"飞行小镇"，还去看了阿拉斯加航空博物馆。虽然没办法飞，但是自从自驾环球飞行之旅启程后，我们的生活好像都和飞行相关。

在阿拉斯加滞留了5天后，我们终于收到通知，明天可以起飞。但是路线发生了变动，我们不能直飞西雅图，得中间加一站去凯奇坎。我赶紧研究起了明天的飞行路线和沿途气象，梁红则开始准备离场程序和相关手续。

清晨6点的机场，暴风雪过后的天空似乎仍笼罩着一层阴霾，看上去愁云惨雾的，特别不明朗。

"开舱门，拿登陆梯，做外部检查。"我安排着大家干活儿。停了几天我们再次忙碌起来，全员进入飞行状态。

梁红指着右侧机翼下方的一摊液体说："老张，你快看，这是什么情况？"

我过去伸手蘸了点儿地上的液体闻了闻，回头看向机翼，那儿还有液体在一滴一滴地往下坠。我说："糟糕，右侧油箱漏油了。"

很快，我就反应过来是怎么回事儿了，前几天飞机降落在安克雷奇的时候，离场前给飞机油箱加满了航空燃油。然后这几天又是暴风雪，又是大降温的，到今儿风停雨止，太阳也要出来了，密封凝胶却坏了。

我让体重最轻的王恒爬上机翼去检查。果然如此，密封凝胶上有道裂缝，燃油从油量传感器那儿渗了出来。

"那怎么办？"梁红问我，"这渗油了，咱们还飞吗？"

在库页岛因为逆风延误，在阿纳德尔因为暴风雪耽误，在阿拉斯加又因强降雨和暴风雪滞留，当时距离南极极夜的月份越来越近，我们已经耽搁不起了。我分析了一下油箱渗油的状

第四章
你好，北美洲

况，挤压渗油处是油箱的顶端，还好不是底部漏油。等油量下去，这个状况应该就会好转。

想明白原理后，我决定还是照常起飞。

走完离场程序，做完飞前检查，我们获准可以起飞。

在阿拉斯加州内的凯奇坎机场做一次经停，休整一夜之后，我们跨过加拿大西海岸，直飞西雅图。

就在我发动引擎的瞬间，太阳终于在视线的尽头探出了头，日出的金光一下子把整个跑道渲染成了金色。

"好兆头。"我踩着油门加速，一边拉操纵杆，一边说着，"超级白"迎着一条金色的大道，冲上云霄。

离开阿拉斯加，我们沿着加拿大的西海岸线一路往南。一路的天气非常好，太阳出来后，那层阴霾全都消退了，一片晴朗。天上甚至都没什么云，视野非常棒，左眼看见的是枫叶之国的陆地，右眼看见的是无垠的太平洋。

"梁红，把墨镜递给我，然后你也戴上。"我叮嘱着，"太阳有点儿刺眼睛。"

天气好，人的心情都变得好了起来，"超级白"的状态也很不错，没出什么幺蛾子。我们一路飞得相对轻松惬意，时不时地在后舱随便逮个人就一通开玩笑。

"老张，要不换我操作，你脱一下羽绒服。"梁红说。

之前，我的注意力都在飞机上，有点儿觉得哪儿不对劲儿，但是没反应过来，梁红这么一说，我才感知到原来是热。我看了一下温度表，18摄氏度。

"嘿，终于是零上了。咱们从零下10摄氏度到18摄氏度，5个小时，温差28摄氏度。"我说，"冻了一路，终于暖和了。"

"咱们从冬天开到了春天。"梁红笑着说。

"春天"这个词一出口，总会给人平静、希望、生机、新生等感觉，就像是内心突然多出来一股力量的源泉。

视野里再也看不见陪了我们一路的雪白，远处的山岚之上不再是灰蒙蒙的，终于有了绿意；右侧的海边也没有了浮冰和积雪，取而代之的是幽蓝的宁静和祥和。

飞行了8个小时，我们在下午4点的时候落地西雅图塔科马国际机场。没有在夜航降落安克雷奇时的那种被灯火霓虹迎接的感觉，但是安静、温暖的西雅图透着一股优雅的气质。

"北京遇上西雅图。"飞机平稳入坞后，梁红说，"到了这里，一下子就让人觉得连空气都变得浪漫了起来。"

"从阿拉斯加到西雅图，从一个飞机城到另一个飞机城。波音公司的诞生地就在西雅图。" 嘿，我这个机械控直男，没接住她的这份浪漫。

第五章

CHAPTER 5

美墨风云

跨越积雨云

"带你去摸云彩"

边境墙下的双面人生

陨灭的"美国梦"

惊魂圣卢卡斯角

追赶日落

跨越积雨云

一边开飞机,一边修飞机,我可能是头一号。

落地西雅图,我顾不上先去遇见浪漫了。虽然一路飞得很惬意,但是我的心始终有一头在惦记着右侧油箱渗油的事儿。

在机场找了家飞行用品商店,买到耐油密封胶和沾有丙酮的纸巾,再顺路买了几个汉堡填肚子,我就马上回到机库去拾掇飞机。

爬上机翼,用十字改锥拆开油量传感器,先用沾有丙酮的纸巾擦掉周边的油污和其他杂物,再喷上耐油密封胶,最后用抹布将胶压匀,填实,这个问题算是彻底解决了。

"超级白"太老了,我们之前也确实忽略了航行中穿越各种温区会引起的热胀冷缩问题,才导致后来出现了这么一个隐患。对我们这群飞行菜鸟来说,所谓经验,正是在一次次地遇

第五章
美墨风云

见问题，然后解决问题的过程中才积累下来的。

解决完飞机渗油的故障之后，我和梁红在日落前赶到了西雅图的海边。远处渐落的夕阳，将海岸边的一切都染成了绯红色。余晖照到的地方和照不到的阴影有一道分明的分界线，阴阳割昏晓。海风再也不割耳朵了，扑面而来的是一股让人舒服、放松的温暖气息。祥和、静谧之下，是潺潺海浪拍打沙滩的声音，"哗——啦——噗——"节奏感分明。

我们从北京到哈尔滨，然后出境到库页岛、堪察加、远东、白令海、阿拉斯加、加拿大，万里之后终于抵达西雅图。虽然我不太会说，但是这会儿在夕阳下，我还是带着梁红抓住了这顷刻即逝的浪漫。

经停一宿，第二天我们就马不停蹄地离开西雅图，这趟转场又要飞联程，经停加州的萨克拉门托，然后抵达圣迭戈。

晴空只眷顾了我们一天，今儿个一大早就下了场小雨，现在还是阴天。顺利离场起飞后，漫天的云如烟似雾，这种薄云平时看是很美的，但是在这样阴沉的天气里，少了阳光的陪衬，就显得凝重。

闪烁的气象雷达上，绿色的前方出现一片猩红。我们的航路上有大范围降雨。

这大抵是所有飞行员都不愿意遇到的路况，通常大型客机能飞到30 000英尺，在降雨带上面飞过去，但是我们的飞机根本上不到那个高度。积雨云里都藏着闪电、冰雹和强对流，结果怎么样都不能说是三分靠人七分靠天了，那是一分靠人九分看命。

"拉高度，直线抬，穿云，咱们得在它上方跨过去。"我一边对梁红指示操作，一边跟小白说，"小白，跟塔台请示，咱们要上高度。"

进入云层之后，飞机一下子像是钻进了一片浓烟，被浓重的云层包裹着，我们瞬间无法目视飞行，只能全部依靠看仪表盘来保持飞机的航向、高度、速度和姿态。

"梁红，你有没有感觉到飞机在往右偏？"我问她。

正在专心驾驶的她听了一愣，看了一眼仪表盘说："没有啊，咱们的飞行姿态正常。"

小白也说："没问题，咱们的航向没有跑偏。"

"哦。"我揉了揉眼睛说，"在这么浓重的云里面钻，我可能出现幻觉了。"

缓了一会儿，我让小白向塔台再申请上升1000英尺高度，这样迷蒙的环境让我心里特别不踏实，我们得尽快出去。

云层就像千层饼，一层一层的。刚起飞的时候我们在一片薄云里，高度上来后前方有积雨云挡路，我们就只能接着上高度避开它，便进入这层厚云里。现在我想接着上升高度，看能不能进入云层之间的缝隙，让自己摆脱那种幻境困扰。

第五章
美墨风云

终于,一抹天蓝伴随着刺眼的阳光闯入了眼帘,让人豁然开朗,视线又变得清晰起来。此刻,我们头顶上有云,脚下有云,而我们就像穿行在云层隧道里,脚下似乎又回到了那片无垠雪原。

"报告机长,感觉座舱的人状态都不太对。"耳机里传来后舱金星的汇报。

"具体是什么状况?详细汇报。"我说。

"打哈欠,犯瞌睡。"他答。

这是缺氧反应,我们没有增压舱。小白问我:"咱们目前的高度多少?"

"当前高度是17 000英尺,海拔差不多是5200米。"他答道。

"温度也骤降到零下了。"我说。

飞行高度下降了1000英尺,但是大家的缺氧反应并没有得到缓解。

"老张,帮我捏一下脖子。"身旁的梁红突然说,"感觉脖子和肩膀都特别酸麻。"

她也出现缺氧反应了,我一边伸手给她捏脖子,一边招呼小白赶紧把氧气面罩递过来。

"我来操作,你赶紧吸氧。"我叮嘱。

飞行员在高空中缺氧可是大事故,缺氧反应严重的话,会导致人在一分钟之内失能，晕过去，就像是司机在开车时突然晕倒了，后果可想而知。

戴上面罩后，梁红呼吸了几口就想摘下来。我明白她的心思，我们飞机上的氧气袋储备不是很多，她想省下来给后舱的其他人用。

"你赶紧给我戴上，吸满15分钟再说。"我说。

"不用了，我缓过来了。"她有点儿倔强，边说边摘。

我加重了语气说："我以机长的身份命令你，戴上继续吸氧。你只有先把自己照顾好了，才有能力帮其他人。"

无奈之下，她再次把氧气面罩戴上。我语气缓和了一些说："傻丫头，你得先吸足氧缓过来。作为飞行人员，必须保持供氧充足，飞机上就咱俩是飞行员，一会儿要是我突然有缺氧反应了，你得第一时间接过去继续操作飞机。"

她看了我一眼，点了点头。很快，我也有点儿撑不住，把备用氧气面罩戴上了。

我们之前在国内的"四大无人区"，也升到过海拔5000米甚至6000米的高度，但是在飞机上，飞行高度为海拔五六千米和地面上是完全不一样的。在地面，我们可以做一下简单的伸展运动，来调整呼吸节奏；而在飞机上，我们俩就像是被绑在了驾驶座上，伸懒腰都有难度，加上舱内极大的噪声刺激耳膜，更会加剧缺氧反应的程度。

"已经跨过积雨云区了,咱们可以下高度了。"小白报告说。

我看了一眼气压表,说:"100千帕,气压上来了。发申请,下高度吧。"

往下推杆,我迅速把高度调整到13 000英尺。飞机在这个高度上平稳飞行了一段航程之后,大家的情况有所缓解。

"老张,你刚才下高度下得太快了。"梁红说,"压得我耳膜都起反应了,生疼。"

有点儿心疼她,但是这会儿却没法儿说。我扭头问后舱都缓过来没有。刚才说话都没力气的众人,这会儿开始应声了。小白说:"子冠和大鹏还晕着,其他人都'活'过来了。"

"嘿,年纪轻轻的怎么这么虚。"我想跟他们开个玩笑把人唤醒,说,"你告诉他俩,如果谁吐了,谁就得一路请大伙儿吃冰激凌,一直请到乌斯怀亚。"

"带你去摸云彩"

飞机漏水了,水一滴一滴地砸在我的右肩膀上。

"小白,你看一下是什么情况。"正操作着飞机感觉到异样的我赶紧招呼小白检查。

他摸了摸我的肩膀,再抬头检查驾驶舱顶,之后回复:"水是从你头上一颗螺丝铆钉那儿渗下来的。"

"确认一下是不是电机箱那儿漏的?"我再问。

"不是,那儿没有电路设备和线路。"他答。

那还好,我刚才突然一激灵的心也放了下去。我们的飞机一路穿云,沾上了不少水。这30多岁的老飞机漏水正常,只要不影响电路就无大碍。

飞了差不多7个小时,终于快到圣迭戈了。塔台传来指令,让我们将飞行高度降到7500英尺。

"梁红,下到7500英尺还得穿两次云,你来。"我把飞机控制权交给梁红,让她来实际感受一下穿云操作。

"观察云层,找上面的漏洞,那儿的云最薄,从那里钻下去就行了。"我边观察边指导她。

"高度8100英尺,7900,7600,7500。好嘞,就这个高度,稳住了,干得漂亮!"梁红驾驶着飞机往下沉,成功穿过云层,顺利降到了指定高度。

在这个高度上,地面的万物都清晰可见。远处蜿蜒延伸的海岸线出现了,飞机的两侧、下方,有轻一些的云,三三两两地浮在空气里。近处的像是硕大的棉花糖,远处的则像是从地面飘上来的袅袅炊烟。

马路将大地划分成一个个俄罗斯方块的模样,平摊在地面上;方块还被填上了色,有绿色的园区、阳光照射下呈银白色的水洼、灰色和红色的屋顶。

"来,梁红,我来操控。"我要过控制权,说,"带你摸摸云彩去。"

突然听见这个,她笑了出来,但是双手仍牢牢把着操纵杆,说:"你别闹,坡度,注意坡度。"

"你别管,控制权给我。"我强行接管飞机,说,"把窗户上那个小窗打开,手可以伸出去,你看看能不能摸到云彩。"

她脸上呈现出又无奈又憋不住的笑意,像是慑于机长的压力才照做似的，把手伸了出去。我控制着飞机，撞过一片片漂泊的云彩，让她的手在云间轻轻划过。

她脸上干净、纯粹的笑容，时间仿佛一下子变回了我们刚认识的时候和早恋那会儿，无拘无束、天真烂漫。那会儿，我的心头也放下了所有的压力，像突然恢复了少年感的中年男人，笑中既含有得意，又含有满足。

"高兴吗，宝贝儿？"我轻声地问道。她用欢快的笑声回应着我。

多年前许下的"不着调"的承诺，我又实现了一个。

第五章
美墨风云

边境墙下的双面人生

一片雨云,结结实实地罩住了加州圣迭戈国际机场。

临近落地,这一段航程的好心情被笼罩在机场上空的一片雨云打断了。

"小问题,但是真讨厌,它飘哪儿不好非飘在机场上头。"我只得收拾心情,专心致志地操控飞机,穿越这最后的障碍。

云层不厚,没有我们刚出发上升高度的时候遇到的那么浓重,但是它的出现中断了我们度尽劫波之后好不容易发酵出来的情绪,还阻挡了我们欣赏这座海滨机场的兴致与视线。

穿过这片雨云,飞机顺利降落在机场跑道上。可惜就这么一下,我们就错过了从天上看海滨大道两侧的椰林和码头船坞里林立的各种帆船的角度了。

这一路尽是穿云,"超级白"全程就像在汗蒸,泡澡,通体湿了个透，不少地方进水了，除了我肩膀上那块渗水，防撞灯和航行灯都瘪了，肯定也是因为进水造成的线路短路。

一天之内穿越美国，从美国西海岸最北边的西雅图到最南边的圣迭戈。"飞了8个小时，累，今天真是太累了。吃饭，睡觉，明儿再修吧。"

圣迭戈其实也是一座边境城市，虽然不及2小时车程之遥的"天使之城"洛杉矶繁华，但是比我们去过的绝大多数边境城市都要热闹许多。大街上车水马龙，人声鼎沸。这里除了拥有优美的海滩之外，北美洲和南美洲的居民及其文化在此交融，让不同的街道都透着各异的风味。

圣迭戈还有一道我们在新闻、电影里常见的特色风景线：边境墙。特朗普刚上台那会儿，"建边境墙"就是新闻里的高频词。在美剧《越狱》、好莱坞大片《速度与激情》里，这堵墙都相当抢镜。

既然已经到了这儿，我想带大伙儿去墙下看看。

其实在美国、墨西哥的边境上，从20世纪90年代克林顿在任时期，就已经开始修建边境墙了。20多年来，它一点点地被加长、筑高，逐渐成了今天的规模，已经在两国边境线上延绵1000多公里。

边境墙从西往东，穿山越岭，直至伸进滔滔大西洋。美国人为什么要建这堵墙？边境墙的两边是什么样的景象？

第五章
美墨风云

在位于圣迭戈的美、墨两国的边境上，有一个友谊公园，这里每周末从上午10点到下午2点，开放4个小时，允许美国这边的人去边境墙那里，和家人隔墙相见。我们刚好赶上了边境开放日，从公园入口到墙边大约有3公里远，这段路并不好走，除了大段的泥泞，有几百米甚至还得蹚水。

墙总会给人以隔离、压抑和束缚的感觉，大家明明是来见家人的，可是这堵墙的存在，总让人有"探监"的既视感。

有一位牧师在墙边，拿着麦克风诵经。这堵墙生生分开了数万个家庭。这个地方，确实需要一些源于信仰和精神上的抚慰。

在墙对面我见到一个40来岁的女人，她呆呆地站在那里。当听见对面有人唱歌的时候，她悄悄地抹起了眼泪。听人说，她每个周末都会来这里，十几年风雨无阻。她曾经在美国生下了一个女儿，后来被驱逐出境了，从此母女分隔。至今，她的女儿是死是活，人在哪里，她都不知道。

这道边境墙，是她唯一能看到美国的地方。这些年她每个周末都来这里等，等待一个奇迹。

不远处一个男人坐在墙边，他通过墙壁网格把薯条一根根地塞到对面的孩子手中。我走上前和他聊了聊，男人名叫丹尼尔，墨西哥人，对面就是他的妻子和两个孩子。

丹尼尔在美国从事建筑工作，很累、很苦，也很孤独，但是他在这边每个月的薪水，是在墨西哥的十倍。为了全家生计，他只能选择与家人分离，隔墙相见。

网格很小，他只能探进去一只手指头。所有的思念，也只能通过指尖的温度来传递。

夫与妻，父与子，只能每个周末，站在高墙两端，透过密密麻麻的网格看对方。为什么要过来？为了让家人生活得更好一点儿。这是一个很难圆满的命题，一家团圆但是生活艰难，想生活更好又必须背井离乡。

我们通过签证办了边境证，穿过边境墙的检查站，绕了一圈来到了边境墙对面的墨西哥，到了城市蒂华纳。一墙之隔，这边的画风就突变了。上午对面是阴天，现在这边正晴朗，人们把墙涂抹得五颜六色，在这边唱歌跳舞。

根据丹尼尔上午留的电话，下午我们就到了他的家里，见到了他的妻子和孩子。妻子在家里养了很多狗——都是流浪狗和从收养所领来的。她高兴地告诉我们，丈夫在美国的三年合约期快到了，他们一家人很快就能团聚了。

现在，他们一家人应该已经团聚了吧。

对于偷渡者，我们无法去评论是非，这座千里高墙，也不知道该形容它是壮观还是滑稽。一个政府因为稳定或者其他，修筑了高墙；一个家庭因为生存或者其他原因而分离。高墙能挡住人的脚步，但是从来挡不住人的心。其实，它什么也挡不住。

陨灭的"美国梦"

"希望是一种危险的东西。"这是经典电影《肖申克的救赎》里,摩根·弗里曼饰演的瑞德的一句台词。现实世界里,美国和墨西哥边境便有大批的加勒比及中北美地区的人,怀揣着希望,踏上这条危险的越境之路。

离开蒂华纳之后,我们又驱车去了墨西哥的另一座边境城市阿尔塔,这里就是成千上万的中北美洲、拉丁美洲及其他地方的人"美国梦"的中转站。非法移民要在这里徒步开始自己的越境之旅。

阿尔塔应该是产生了无数电影的故事原型和素材,这里不仅是非法移民的中转站,也是毒品走私的必经之地。非法移民、毒贩、边境巡逻警察,再配上荒凉、粗犷的沙漠背景,是一幅很吸引人的天然海报。

或许移民偷渡者们在边境另一边的收入,会是原来的好几倍。但致命的代价是,他们可能在越境途中丢掉性命。

这些非法移民中的大多数人,都在美国有亲戚或朋友,也有些人就是听说了一个梦幻般的完美世界,便开启了一段生死未卜的追梦之旅。他们抵达美国后,大多从事建筑工、洗碗工等比较辛苦的底层工作,而女人们几乎都沦为妓女或者按摩女郎,少数幸运的人能找到餐厅服务员的工作,没有身份的她们连做家政都是奢望。

非法移民在阿尔塔这里停留,找到向导——"蛇头",带着简陋的装备和梦想,走进沙漠。靠谱的向导,会带他们绕过巡逻点;黑心"蛇头"可能半路就把人给卖了,也可能会故意绕路,等人熬不住了再抢劫他们身上的钱财,然后弃尸荒野。而女人们在出发前,都会先吃下避孕药,因为她们在路上极有可能会被强奸,甚至轮奸。

路上除了有巡逻部队,还有毒枭。此外,还有头顶上的酷暑、灌木丛里出没的毒蛇,以及各种凶猛野兽和有毒的虫子。

我们在阿尔塔询问了一些非法移民是否愿意接受采访。我们想知道他们为何会来到这里,想知道他们之前的生活,想知道他们对未来生活的想象。但是所有人都拒绝了我们。他们说,他们不害怕墨西哥警察,也不害怕美国警察,他们害怕毒枭。

一旦接受我们的采访,他们就会被毒枭盯上,接下来肯定会遭受报复。

无奈之下,我们找了一个"移民者之家",这里给非法移民提供免费的食物和住宿床位。我们好奇,我们在外面都不能跟非法移民接触,为何这里允许接纳非法移民?

一位工作人员说,这里存在十几年了,警察和毒枭,都没有前来打扰。这里就像是一座"和平饭店",所有的纷争和杀戮,都在外面。

据移民者之家统计,单1999年到2009年这10年,死在穿越边境路上的人所占比例就极高。没有多少人能够真正地活着到达梦中的美国。

我们几张突然到来的生面孔,已经引起了一些人的注意,在当地雇的向导提醒有人正在跟踪观察我们,建议我们赶紧离开。临出发的时候,向导又警告说我们已经被毒枭盯上了,走不了了。

紧急之下,我们联系了当地的警察,申请让他们护送出境。警察欣然答应,护送我们走一程边境之路。与国内民警配备的手枪不同,这边的警察巡逻的时候手上拿的都是自动步枪。

本来我想付一点儿费用给他们,结果他们不肯收,说这是他们应尽的职责。乍一听他们真是廉洁尽职的好警察,但是一多想我心里就有点儿虚：他们若收了钱，可能会真的提供保护；如果不收钱，这事儿我就不敢肯定了。

我壮着胆子给护送的警察提了个小要求，我们能不能走非法移民们常走的那条路线，没想到他们爽快地答应了。

边境的风光没的说，很有雄壮、荒凉的美感。矗立的仙人掌，零星散落的草丛，时不时凸出的几棵树。看不见草丛里游走的响尾蛇和潜伏的虫子，但是我们偶尔能遇到警觉远望的大型动物。

在路上我们想和警察聊一些关于非法移民的事情，但是他们不方便说，毕竟是执法者。那位警察只是告诉我们，对那些非法移民来说，最好的结果是被边境警察发现，他们大多会活着被遣返；而不幸死在路上的人，其尸体也能够被警察带回来，入土为安。

如果不是碰上边境警察，很多非法移民可能渴死，被毒蛇或者其他动物袭击而死，被向导坑杀，被毒贩杀死，等等。他们死后就是暴尸荒野，被秃鹫或者乌鸦啄食掉，遗体慢慢腐烂，再被遗忘。

这些话听得很让人唏嘘。是生活的希望让人们铤而走险，而这个希望又会将无数人带向地狱的深渊。

惊魂圣卢卡斯角

六辆军用悍马横亘在路上将我们截住，几个荷枪实弹的武装人员把7.62毫米口径的突击步枪顶在我们的车门上。

穿越边境线回美国的路上突生变故，所有人一下子都愣了神，这里是哪儿？发生了什么？怎么会有军用车？他们是干吗的？

恍惚了几秒，我迅速冷静下来，招呼车里所有人都把手拿出来摆在面前，让外面的人能看见我们手无寸铁。然后脸上尽量挤出笑容来，给出友好的讯号。

护送的警察和向导接受了一顿盘问和证件检查之后，领头的军官终于挥手放行。挡在路中间的武装人员挪开了车让道，刚才拿枪顶着我们车的武装人员也纷纷退弹收枪。好家伙，刚才子弹都上着膛呢。

我们缓缓走过他们的身侧，摇下车窗来说"谢谢"。军人们脸上也没了刚才那种如临大敌的表情，纷纷向我们挥手回应。

走了一段路后，向导才告诉我们，我们走这条路被空中巡逻的无人机发现了，以为是偷渡者或者毒贩，便通知附近驻地的武装部队过来看看，于是便有了前面那一幕。

虚惊一场，足见这条边境之路日常有多么凶险。

跟一路护送我们的墨西哥警察告别，我们终于过境回到了美国。从菲尼克斯辗转回到了圣迭戈，拾掇好"超级白"，我们离开了地面，继续回到云上。

做完飞前检查，拿到离场批准，在准备点火发动飞机前，我喊了一嗓子："咱们要离开美国了，下一站墨西哥。"

在空中再次跨越刚刚在地面走过的美、墨边境线，以当时的飞行高度目视已经看不到任何高墙的痕迹。跨越一道墙，飞越一道边界，我们似乎是跨越了两个世界。

从美国的加利福尼亚州飞往墨西哥的下加利福尼亚州，目的地是洛斯卡沃斯市的圣卢卡斯角。对我和梁红而言，这又是一次故地重游。2014年我们开帆船也曾抵达这里，当时我们把船留在圣卢卡斯角维修，离船上岸，驱车穿越整个墨西哥，前往奇琴伊察，寻找玛雅人的祭祀圣井。

我们沿着海岸线一路南下，这一路的海边不是沙滩，而是

第五章
美墨风云

沙漠。

飞了半程之后，机舱内的通信系统出了问题，耳机里的信号断断续续，时有时无，调试了半天也没弄好。还好这一段没出别的严重事故，我就暂停了跟后舱沟通，前舱的我、梁红、小白三人，遇到必须沟通的问题，扯着嗓门加大音量，也能够沟通。

圣卢卡斯角本就是一处旅游胜地，这次换个角度在空中俯瞰它，更是美不胜收。堪察加和乌斯怀亚都被当地人称为"世界的尽头"，而墨西哥民间也有句流行语："到了圣卢卡斯，就到了地球的尽头。"幽蓝的海水拍打着爱情海滩，再搭配上岸边的"太平洋之门"——圣卢卡斯石拱，这幅画面不得不让人赞叹造物主的鬼斧神工。

我们边看着赏心悦目的美景，边准备降落。突然一阵剧烈的颠簸，把我们刚才还挺陶醉的情绪一下子拉到了紧张的频道上。

"梁红，看监控仪表盘，看看哪里出了异常。"我赶忙给出指示。

"转速表有——"梁红话没说完，飞机突然来了一段急速下坠，我赶忙拉操纵杆稳住飞机状态，然后才偷眼瞄了一下五个发动机的仪表盘——转速异常，发动机出故障了。

不幸中的万幸，是在我们即将降落的时候出故障，机场就在眼前，要是在高空航程中段出问题，可能不等找好备降机场，我们就真的玩儿完了。

带着一身惊魂把飞机停在跑道，做完落地检查，我让小白找了机场的机械师过来检查。对于发动机的问题，我们自己手里的工具肯定搞不定，就算多花点儿钱也得请人出马了。

由易到难，机械师先了解了一下机内通信系统的情况，优先把这个小毛病给我们解决。知道我们当时快落地时的剧烈颠簸和急速下降的症状后，他进了机舱开始检查发动机，很快就找出来毛病的源头，右侧发动机故障。一番鼓捣之后确认是润滑油的滤芯堵塞，需要疏通。

知道病根了，清堵疏漏，往滤芯里面加润滑油，问题终于得以解决。

治好了大毛病，这拨机械师还对飞机的其他部位做了一次全面的外观检查，表示暂时没有别的安全隐患之后，我们一直悬着的心才放下来。

站在舱外拍了拍"超级白"的肚皮，我没法儿去埋怨这位老伙计的不省心，毕竟他已经30多岁了，还能支撑着我们一路这么飞下来，真的辛苦了。

第五章
美墨风云

追赶日落

今天要飞两段联程，跨越墨西哥。

从圣卢卡斯角起飞，经曼萨尼约、墨西哥，抵达墨西哥南部的古城瓦哈卡过夜。

昨天飞机因出故障而维修，没有停在可起飞的停机坪，我们也不能自己滑过去，便第一次请了拖车将"超级白"拖回跑道。

手续清齐、飞前检查无误后，我轻车熟路地发动引擎。经历了昨天的降落变故，我还刻意想听清楚发动机的声音有没有异样。其实在巨大的引擎噪声下，什么都听不清。

顺利抵达曼萨尼约机场，稍做停留，我们便转场另外一个"老熟人"城市——墨西哥。从空中俯瞰墨西哥，眼中的大地又变了一副模样，一半沙漠、一半森林的地貌，让这儿半边被明亮橙黄覆盖，半边被苍翠墨绿覆盖。如果说我们在国内和俄罗斯看到的是笔力苍劲的水墨素描,到了美国看到的是田园丹青,在墨西哥看到的则是泼洒了黄漆绿料的重彩油画。

同样是大片的荒原,墨西哥与堪察加完全是两种风格。堪察加那边是深灰色的,充斥着肃杀、冷峻的格调;墨西哥这边,则弥漫着一种明亮、干燥的黄,满眼是边境片区的悲凉感。

"丫头,纪念日快乐。"我冷不丁地冒出一句。

"啊?什么纪念日?"梁红一愣,很快又反应过来,今天是我们南极婚礼三周年。

这漫不经心的小惊喜,可能是这一路艰苦飞行的过程中唯一能给予梁红的心理慰藉了。我说:"周年礼物前几天在从西雅图飞往圣迭戈的时候,已经送给你了。"

她会心一笑,似乎又陷入了那天伸手去摸云彩的浪漫旋涡中。

抵达墨西哥时已近黄昏,看来我们的最后一程要夜航了。

重新爬回天空之后没多久,我们便赶上了太阳下山。自出发以来这是我们第一次在晴朗的天空里撞见日落。落日余晖让眼前的天际出现了层次感,从上往下暖红色由浅入深。

我们像夸父逐日一样追着太阳跑。一个多小时以后,太阳终于躲到了地平线以下,被我们撵跑了。

第五章
美墨风云

天空慢慢暗淡了下来,很快就被漆黑笼罩,我们再次进入夜航模式。有了飞白令海那次的夜航经验打底,这次转换到利用仪表飞行之后,一路还算顺利。

"左侧油泵又出故障了。"梁红说。

以前一听到故障,大伙儿心里都会突然紧一下;但是出故障的次数多了就会像听到"狼来了"似的,人的心态如温水煮青蛙。油泵故障是第二次发生了,有了前一次在俄罗斯的经验,大家反而不慌了。

"可能还是气压问题导致的空气堵塞。"我说,"用老办法,反复开启开关试试。"

梁红试了几次,这次没有上回的惊喜,依然无效。

小白询问:"老大,要是不行的话,就跟空管申请返航吧。"

"离目的地还有多远?"我问。

"800公里左右。"他答。

我琢磨了一下,拒绝了他的返航建议,说:"没事儿,这个距离咱们主油箱的燃料足够,实在不行了,交输阀供油也能顶一阵儿。"

处理好这一茬,在夜空中安静地飞了一段之后,梁红那儿又传来一个故障报告:"扭矩表数据异常。"

欸,我们一伙人怎么跟唐僧团队去西天取经似的,哪一段不遇到点儿难题，这一集就没法儿收场。

扭矩表是反映飞机发动机功率的指示组件，这会儿它的数据异常有两种可能：要么就是这块仪表坏了，没法儿体现真实扭矩；要么就说明发动机的功率不足。

如果是前者，那还好，不影响实际飞行；若是后者，那就不太好办了，如果功率持续下降，最严重的结果可能是飞机完全失速，变成个大铁砣子垂直栽下去。

我试着给了脚油，体测一下发动机功率的反应，一阵轻微的抖动随之传来，没有明显感觉到动力不足，或者往下掉功率的迹象。恒速的话，飞行姿态也没有什么明显变化。

"可能只是扭矩表坏了，也可能是发动机的功率不足，但是我还不确定。"我对小白和梁红说，"接下来，咱们就注意一点儿，维持住飞机的飞行姿态和高度、速度，让它保持在一个相对平均的能耗范围里，应该没问题。"

最后这一段，我和梁红小心翼翼地盯着仪表盘，并非常敏感地体测着飞机的姿态变化。直到灯光下的瓦哈卡出现在视野里，我知道，这一关我们又成功地渡过去了。

欸，关关难过关关过。我没法儿把这归结于自我主角光环，我只能尽力把一站又一站中出现的问题给化解掉，然后在身处地面的时候把能做的检查，一次又一次地做到极致。

第六章

CHAPTER
6

沦陷拉丁美洲

第一次起飞失败

运-12哥斯达黎加老乡会

跨越20年的"超级白"奇缘

闪电夜行，再回南美洲

安第斯缉毒部队

瓦哈卡山谷行动

"我们为世界而战！"

第一次起飞失败

离开北美洲之前的又一场虚惊。

落地瓦哈卡之后,做完落地检查,第一时间排查扭矩表异常的问题,确认只是单纯的故障,发动机功率没啥问题。看来我当时在飞机上的感觉没错,只是当时不能大意,才采取了一个最保险的应对方案。

一天飞三程,还有一段夜航,加上突发的扭矩表故障,这一整天确实把我累得够呛。向来揣着问题当晚就睡不着觉的我,决定明天再理会。这会儿心里纵有百般事儿,身体真的吃不消了,赶紧找旅馆入住,吃了睡。

在墨西哥的最后一夜睡得还算踏实。凌晨4点多的时候,收到航空代理公司发来的飞往哥斯达黎加的路线,便先起来看了一下气象图,当天是好天气。

天亮之后全队集结,赶往瓦哈卡机场。照例分工做全机检

📍＿ 被隔开的人生

侣行 IV

云上
六万公里

俯瞰美国海岸线

📍 俯瞰美国海岸线

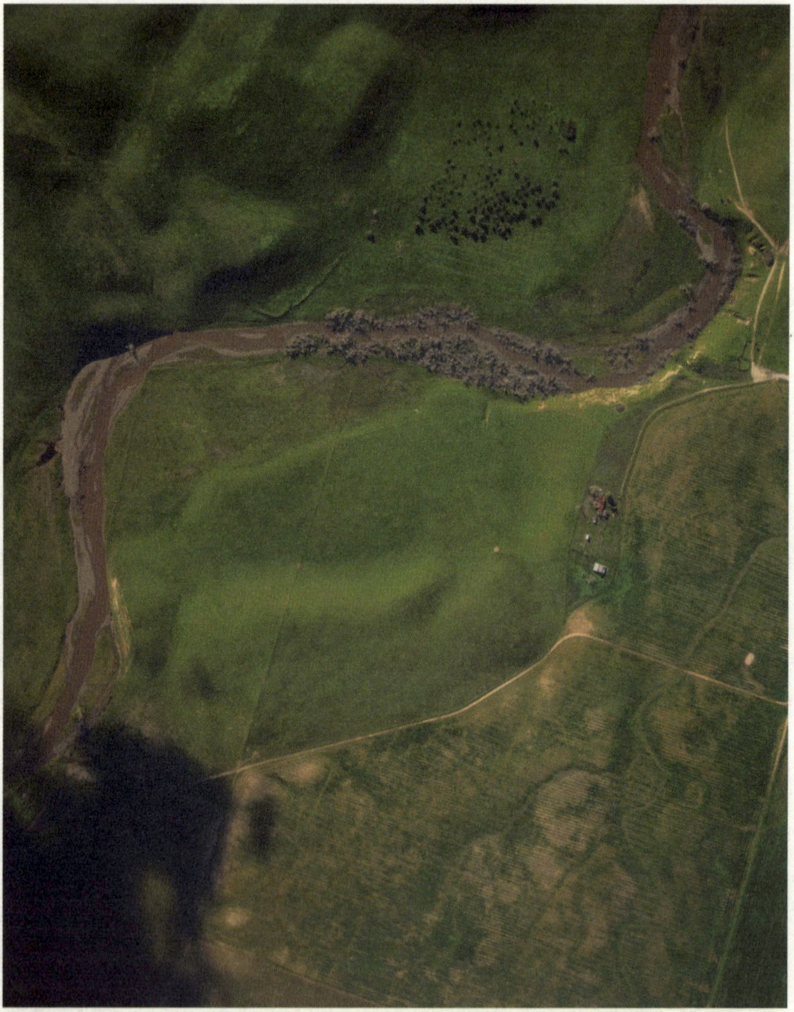

📍__ 俯瞰美国

落地萨克拉门托

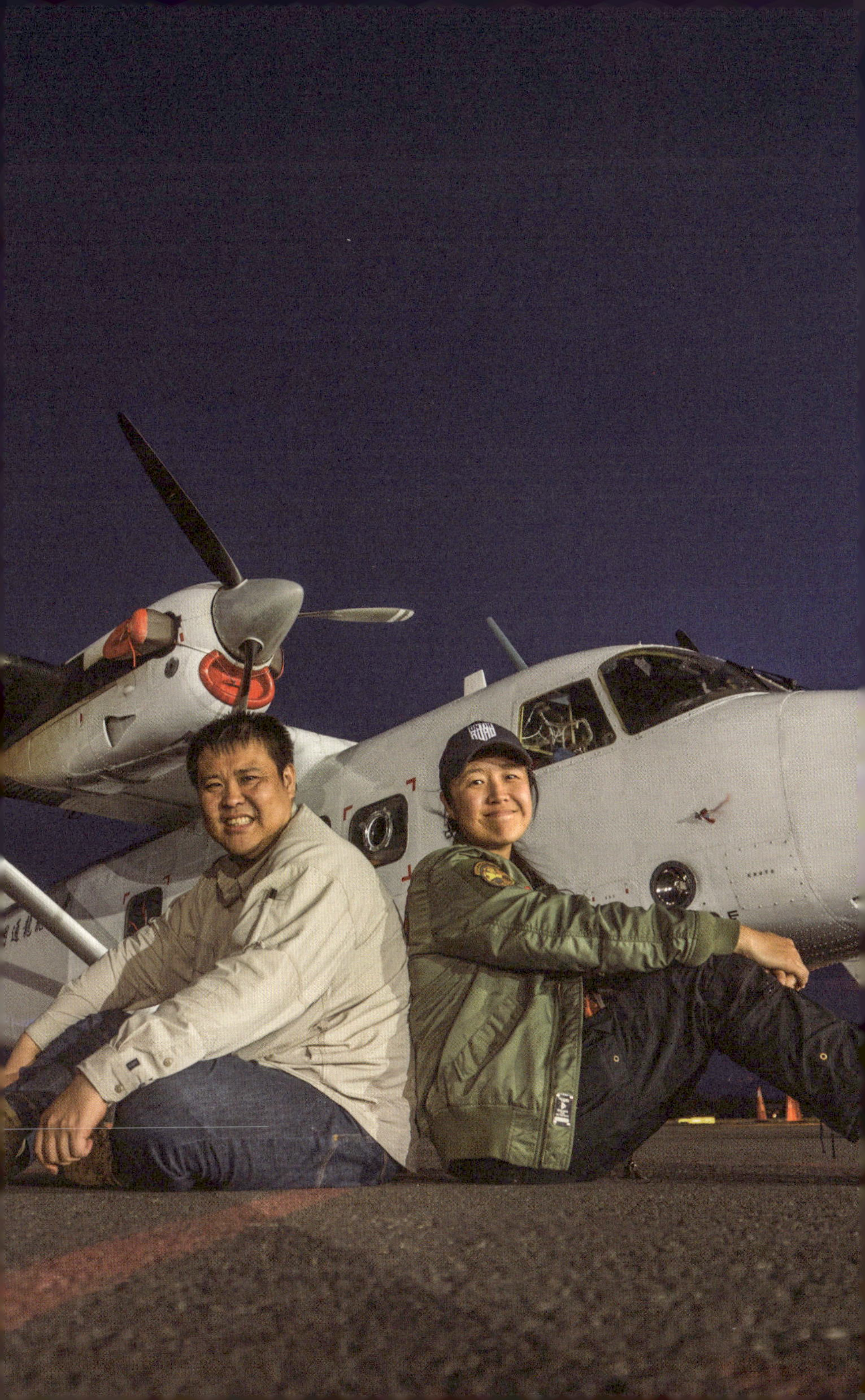

◉__ 又安全落地一站

◉__ 美、墨边境墙下的相会

查,王恒检查出来尾翼上有颗螺丝松动,拿十字改锥加固排除隐患。

我做完二次检查后,爬进了驾驶舱,跟梁红对着检查单走了一遍飞前检查程序。小白和塔台对话,准备起飞。

即将进入加勒比及中美洲地区,赶上大晴天的频率多了起来。自1月29日从哈尔滨出发,到今天2月26日,不到一个月的时间里,我们已经飞过了亚洲的冬天,穿越了北美洲的春天,现在已经进入拉丁美洲的夏天。

地面温度40摄氏度,曝晒的机舱内温度已经达到了50摄氏度。冷的时候,我们差点儿冻死;热的时候,我们又烤得够呛。我只能安慰大家克服一下,一会儿到天上就凉快了。

对于起飞流程,我已经十分熟悉:发动引擎,使螺旋桨转动,推油门。飞机顿了顿,没动弹。我直接把油门推到底,飞机依然没反应。

同样作为驾驶员的梁红感觉到了异样,第一次遇到这种情况,连忙问我:"什么情况?"

我摇了摇头,答道:"油门推到底了,发动机没功率,飞不起来。"

出发以来,我们遭遇到了第一次起飞失败。我又试着将油门推了几次,发动机功率还是不够。小白建议说:"实在不行咱们把飞机推回去,检查检查再飞吧。"

这不是飞机故障，不是检修就能够排除的，我们现在遇到的是天气问题。高温让发动机的功率变小，空气密度也变小，飞机的升力降低，所以爬不起来。

时间紧急，我还是想努力再试一次。飞之前，我把后舱的人全都招呼到近前，教他们如何使用安全出口："门把手先抬再扣，一会儿起飞的时候，有任何情况，你们打开门就跳。"

"什么情况？"后舱的人有点儿蒙。

高温下起飞有点儿困难，我跟大伙儿解释："如果一会儿起不来，飞机可能会砸在跑道上。你们打开紧急逃生通道，第一时间跳机，最多就是摔着，死不了。"我没说的是，如果飞机真砸在了跑道上，机舱里的油箱都会因为惯性挤过来，堆到驾驶舱；后舱的人能跑，前舱的我和梁红那是神仙也难救了。

最后，我郑重地跟梁红交代了一下今天的飞行简令："如果一会儿过了滑行跑道口中间的位置，咱们飞机还没有离地，就中断起飞。"

飞行简令就像是一个默契信号，因为在关键时刻、生死瞬间，机长可能没有时间或者来不及下达指令，便定下一个简令，到了临界点做出事前的约定决策。

"好。"梁红点点头。

第六章
沦陷拉丁美洲

"重复一次简令。"我说。

她重复了一次我刚说的话。我点点头,再次交代后舱:"大家在身边找个固定支点抓住。等会儿起飞的时候,我会把油门给到底,你们站住喽。"

再次给油、推杆,一次到底。"轰"的一下飞机开始在跑道上加速。我稳稳地握着操纵杆,梁红实时报数:"时速130公里,时速150公里,时速170公里……"

那会儿我的心里真的有些慌了,正常情况下,起飞时速到达130公里的时候,飞机就应该抬轮了,到时速150公里的时候就应该离地了。这会儿梁红已经喊到了时速180公里,飞机依然稳稳地压在地面不愿意升起来。跑道的长度只有2公里多一点儿,如果滑行距离超过了跑道的一半,飞机还起不来,就算这会儿踩刹车,飞机也会冲出跑道。

"时速200公里!时速210公里!"梁红近乎嘶喊。已经到了飞机在地面滑行的极限速度了,这会儿就算我们执行飞行简令,似乎也来不及了。

千钧一发的时刻,前轮终于翘了起来,然后机身离地。

"把杆带住喽!"我自己一边拼命握住操纵杆,一边喊梁红,让她同步操作。飞机虽然升起来了,但是依然特别沉,有自然下坠的趋势,我们和跑道平行着往前跑。

"时速230公里,襟翼收上。"

"时速240公里。"

"收到，报上升率。"我说。

"上升率每秒0.8米。"梁红答。

听到这个上升率，我们苦于没有第三只手去擦额头上"哗哗"直淌的汗珠。平时离地后我们的上升率是每秒3米，今天我们居然每秒不到1米！

艰难的爬升，飞离机场很长一段距离后，我们仍是在低空飞行，感觉下方丛林里的树尖，就顶在我们飞机的肚皮上。

经过一阵拉锯与煎熬，发动机的功率终于正常了，飞机回到了正常上升率，进入指定高度，飞行状态稳住了。

"太悬了。"我这才有空腾出一只手来擦汗，只是它们仿佛凝固在额头，风干成了盐粒。

运-12哥斯达黎加老乡会

这番美景,似乎是上天对我们艰难起飞之后的馈赠。

在几千米的高空之上,迎着灿烂烈日,左手边是大西洋,右手边是太平洋,隔着机舱罩和玻璃,我们能够感受到热烈的加勒比风情。

须晴日,头上碧空万里,脚下峰峦千仞,两侧碧波万顷。

逐渐温暖的天气,似乎让人的视力都有所改善,能够看到更远的地方。薄云轻似纱,淡淡地飘在空气里,下方的海水清澈透明。

顺风又顺水地抵达哥斯达黎加的首都圣何塞,降落在胡安·圣玛利亚机场。我们明明是自驾环球飞行经停此地的过客,但是这里的艳阳、海滩和温暖的季风,引得人心情荡漾,无比舒畅,让我们总有种觉得是来度假的错觉。

刚做完落地检查,一个穿着当地军用飞行员制服的人走到了我们跟前,用英语问:"您好,你们的飞机是运-12吗?"

"是啊。"我连忙友好地回答,"您怎么认识这款飞机?"

他侧身指了指不远处停着的两架飞机,说:"我们也有两架运-12。"

啊?这太令人惊喜了,难不成我们在哥斯达黎加遇到"超级白"的兄弟了?顺着他手指的方向看过去,果然,不远处停着两架运-12E。从外观上看,运-12E跟"超级白"几乎一模一样,只是在尾翼上喷上了哥斯达黎加军方的标志。

"你们从哪里来?"那个飞行员遇见同款飞机了,饶有兴致地跟我们攀谈起来。

"中国。"我说,"我们从中国开着运-12,一路飞到了这里。"

"我们的飞机,也是中国飞机。"他惊喜地说。

同运-12一样,运-12E这款飞机也是哈飞航空工业股份有限公司研发制造的,为适应高原、高温地区的飞行作业而设计,这些年已经陆续出口到尼泊尔、厄瓜多尔等国家。

"当然,运-12就是中国制造的。"我问他,"你们一共有几驾运-12E?"

他伸出两根手指头,哥斯达黎加仅有的两架就在这儿了。此时此刻,"超级白"三兄弟,在异国他乡的圣何塞碰头了。

接下来,我们互相邀请参观了一下彼此的飞机。看到他们的是新款飞机,说实话,我那会儿不管是心里还是眼里,都酸了。驾驶舱配有全新的自动化系统,后舱空间宽阔,一排排的座椅、隔音层……应有尽有。

我把后舱的小伙子们都召集过来,集体参观运-12E。

"呐,让大伙儿见见真正的运-12。"我说,"不对,咱们的也是真正的运-12,你们不都没见过'超级白'减重被拆之前的模样吗?被拆之前就是他们这样的。"

这架军用运-12E里的有些标志,用的是中英双语,汉字赫然印在上面。其驾驶舱里还挂着一个和我们"超级白"一样的挂件:中国结。看见这些中国元素,在刚才的些许嫉妒情绪之外,感动和骄傲油然而生。

我们跟那位飞行员一起在运-12前拍照留念。事后,我说:"谢谢您。"

他说:"谢谢运-12!谢谢中国!"

跨越20年的"超级白"奇缘

从哈尔滨出门的时候,所有人都身着羽绒服、大棉袄,在哥斯达黎加全都都换上了衬衫和短袖。

在圣何塞休整了一天,采购了一些飞机配件,并补充了一些氧气袋。回到机舱给"超级白"替换配件的时候,有一人走上前来打招呼,他是个中国人,50来岁的大哥。他与我们隔着老远就热情地打招呼:"您好,你们是从中国来的吗?B-3804是你们的飞机吗?"

原来,他昨天就在机场看见我们的飞机了,但是当时我们已经离开了,他没逮到人,今天就一直在这附近蹲守,可算见着我们了。来人自我介绍,他姓门,他说昨天我们见到的那两架运-12E,是中国援助给哥斯达黎加的,门大哥被派过来做售后机械服务工作。

"缘分,真是太有缘了。"我握着门师傅的手感叹道。这话我说早了,到后面我才知道什么叫奇缘。门师傅还是"超级白"的老熟人,比我还先认识它20多年。

在一九九几年的时候,门师傅居然就是我们现在这架B-3804的机械师!这也太巧了吧,"超级白"昨天遇到了兄弟,今儿就碰上了多年前的娘家人!

门师傅围着"超级白"反复地转,反复地看,像是在异国他乡遇见了自己失散多年的宝贝。"真没想到还能见到它,更没想到是在地球另一边的哥斯达黎加。有点儿穿越的感觉。"

我也把自己怎么把它从报废的机库里"打捞"出来,怎么翻新、维修,又怎么开着它一路飞到这儿,以及接下来还要飞南极和完成环球飞行的计划,一一地告诉给了门师傅。

他越听越激动,脸上一副难以置信的表情。门师傅语气里带着自豪地告诉我们,当年B-3804作为第一款拥有中国自主知识产权的飞机,其令人骄傲、卓越的性能,和执行罗布泊科考等项目时的荣光。

"B-3804曾经就是一架功勋机,而你们把它修复,开着它去环球飞行,这是它的幸运,更是我们中国人的骄傲。"说这一席话的时候,门师傅的眼里依稀泛着泪光。

我还把一路走来,"超级白"出现的各种故障告诉给了门师傅。听着听着,他似乎又回到了自己当B-3804机械师时的青春岁月。这款飞机的每个角落、旮旯,他依然熟悉清楚。听完我的述说,门师傅开始耐心地给我讲解这些故障的原因及应对办法,还提点了许多在接下来的飞行中需要注意的事项。

在圣何塞,我又额外地补了一课。

上述偶遇,只能用妙不可言来形容。在欧洲、非洲能遇到同胞的概率很高,不奇怪。但是在"相对偏远"的中美洲,在一个小小的机场里,先后遇到来自中国的"兄弟飞机"、来自中国的机械师——更何况他还是我们飞机20年多前的机械师……这事儿就没法儿以概率来形容了,什么编剧都不敢写出这样的桥段来。

这事儿只可能有一个解释,在我们自驾环球飞行的途中,老天爷不仅安排了频发的故障和考验,还安排了一场场令人惊喜的奇缘。

闪电夜行,再回南美洲

大西洋的水比太平洋的干净。

在圣何塞的胡安·圣玛利亚机场,告别"超级白"的老机械师和它的兄弟们,我们再次启程出发,接着南下。这一次是短途飞行,飞往哥斯达黎加邻国巴拿马。

飞在太平洋、大西洋两大洋交汇之国的领空之上,如果可以在机舱里张开双臂,我真的想伸出去同时拥抱两大洋。

天上的视角不错,视线里两片汪洋的截面也足够大,我能够清晰地看出两大洋的颜色不一样,大西洋呈那种偏幽深的湛蓝色,而大西洋则呈澄清的靛蓝色。

在哥斯达黎加出发得比较晚,抵达巴拿马城时已近黄昏。

做落地检查的时候,我们发现右侧发动机有润滑油泄漏的情况。抓紧时间检修,在巴拿马的日落时分,我们解决了这个安全隐患。

我们没有计划在巴拿马过夜，未来几天哥伦比亚以西的太平洋海域上空，会持续雷暴。我们得连夜起飞，抢在雷暴天气拦路之前，尽快抵达厄瓜多尔的曼塔。

在准备出发飞第二程的时候，大片大片黑压压的乌云已经爬上了天空，远处的云层里，不时地劈过一道亮晃晃的闪电。看这情势，我们今晚的夜航，注定了是一场与坏天气赛跑的行程。

我们在大雨泼洒下来之前顺利离场，攀升上天空。天幕之下的最后一丝余光也很快褪去，我们开始了又一次夜航之旅。机舱外一片漆黑，机舱内则被灯光染成绯红。

原本觉得夜航的时候舱外没有可目视的参照物，心里会特别不踏实，而这会儿我们就开始希望外面的夜空不要再出现别的光线了。因为在我们的周围，闪电裂空，发生得越来越频繁。

漆黑的夜空里，不时地亮起一道力量感十足的闪电，划破夜空，继而快速消失。随之而来的，必然是一声不知方位的轰隆炸雷。

"这打闪太吓人了。"梁红说。

"闪电离咱们越来越近。"我说，"不要去想它，越怕就会越紧张。"

第六章
沦陷拉丁美洲

这种感觉很糟糕,虽然通过气象雷达可以观测到,我们目前的航路上还没有积雨云拦路,但是周围频繁划过的闪电和炸雷声,让人不确定它们会不会突然闪现到我们眼前,炸在我们的头上。

拉丁美洲,就连天气都和这块大陆的气质一样,神秘莫测,不可捉摸。在这种不安分的情绪之下,我们都忘了第一次飞过赤道这个有意义的节点。

临近曼塔城市上空,通过地面反射的灯光,我隐约看见前方有一块巨大的"蘑菇云",但是飞机的雷达上却没显示。我问梁红是否能看清楚。

她半欠起身把脸贴近风挡玻璃仔细地看了一会儿,点头说:"确实有一团很大、很厚的云。"

"往左偏航一些,赶紧绕开。"我说。

待我们绕开了这团"蘑菇云"之后,飞机开始下降高度,为降落做准备,雷达上瞬间就弹出满屏的猩红,提示下方有积雨云。对飞行员来说,最不想碰到积雨云。一般积雨云有很重的水汽,内部有强对流,有的积雨云还裹着闪电和冰雹。

"咱们已经偏航5公里。"梁红汇报说。

"咱们现在是偏左还是偏右?"小白问,"如果继续偏左,我跟地面申请改一下航线。"

"不用。"我说,"咱们现在是在躲云团,三块积雨云把咱们包围了。我能看到一个缝隙,等咱们穿过去了,就目视修正航向,回到指定航线上去。"

突然,一道闪电就炸在了我们的正上方,所有人都被这近距离突如其来的闪电吓得一激灵。还没等我们反应过来,右边紧跟着又劈过一道闪电,机舱里短时间陷入了一片慌乱。

这几乎划在脸上的霹雳,让我心惊胆战,短暂地失了神。"糟糕!"我一拍脑门,"没躲过去,还是钻进积雨云了。"

我大口呼吸了两下,迅速稳定住情绪。作为机长,我不能像其他人一样表现出丝毫慌乱的神情。我一乱,大伙儿只会更慌张。

在云中,飞机颠簸得非常剧烈,我知道此时如果只想着尽力维持住飞行姿态,我们可能真就出不去了,随时可能被闪电劈到,被雷暴缠住,到时候什么都完了。

我开始大幅度地转向,大坡度地拉升,寻找快速飞出积雨云的路线。

"不能这么操作!"科班出身的飞行员小白大声提醒我,"坡度太大了,要超限了,这样太危险了!"

"可是咱们要赶紧出云啊。"我解释说,"在云里待得越久就越危险。"

第六章
沦陷拉丁美洲

"先把姿态稳定下来。"小白说,"贴着左边这块云薄一点儿的地方走。"

平时驾驶飞机时,我都是正身坐着或者背靠着座椅的,这会儿我已经全程俯身,快要趴在操纵杆上了。我一边顶住剧烈的颠簸,一边依靠雷达和目视,操控飞机寻找着出云之路。

"薄了,薄了。"梁红喊着,"左前方那一块云很薄,应该能够出去。"

声到眼到手到,我迅速调整操纵杆朝那个方向冲了过去。终于,地面城市的灯火亮光又依稀出现在了我的视线里。

"出来了,马上就冲出来了。"我喊道,"梁红,稳定住姿态。"

积雨云和雷暴终于都被我甩在了身后,再回过神来看仪表盘的时候,我、梁红、小白三人立马又被惊出一身冷汗。我们当前航线的最低安全高度应该是5000英尺,但是此刻冲出积雨云之后,我们的离地高度只有1100英尺。

"悬,好悬。"小白说,"还差300来米就直接砸到地面上了。"

我也伸手抹了抹额头上的汗,问:"距离机场还有多远?"

"稍等。"他低头去看手里的电子导航,说,"掉头回去。"

"啊？发生了什么？"梁红惊讶，去看仪表盘，说道，"咱们刚刚在积雨云里完全掉了个头。我们的航向应该向南飞，但是现在是在向北飞。"

三人相顾无言，又心照不宣。刚才我们是真正地从死神手里逃了出来。

掉头调整航向，我们劫后余生般地降落在曼塔机场的跑道上。落地许久，惊魂甫定。再一回想，我仍心有余悸。

夜航，过赤道，穿积雨云……我们抵达南美洲的第一程，内容已然足够地惊险、丰富。不知道在这儿，还会遇到些什么令人惊吓或者惊喜之事？

安第斯缉毒部队

在三朵积雨云的围剿下,我们经历了一场死里逃生。

昨天连夜从巴拿马城飞抵曼塔,仅仅经停一夜之后,雷暴和积雨云的面积迅速扩大,并占领了我们继续南下的空域,将那里的天空变成了"雷区"。

在北半球飞了20 000多公里之后,这便是南半球给我们的见面礼。

抬头看天,苦等了三个昼夜,气象图上的猩红丝毫不退。国内有句谚语:下雨天打孩子,闲着也是闲着。我召集大伙儿,既然这会儿走不了,我们去找毒枭。

"干啥?"小伙子们一脸问号。

"去安第斯山脉,找毒枭去。"我仍对他们卖关子。

从曼塔租车到达厄瓜多尔的首都基多,从那里搭乘民航飞机去邻国秘鲁的首都利马,在那儿再租车前往位于安第斯山脉之中的山地城市阿亚库乔。

在大伙儿的印象里，世界最大的毒品生产地，是在哥伦比亚或者"金三角"。实际上，现在最大的毒品生产地在秘鲁。这趟到安第斯山脉，我们想去看看这里的缉毒部队。

通过向导与当地人的沟通，我们获准去探访一个驻扎在瓦哈卡山谷里的缉毒部队营地。看过美剧《毒枭》的人可能对这里有印象，当年巴勃罗·埃斯科瓦尔的麦德林集团，为了方便运毒、贩毒，就在这个瓦哈卡山谷修建了许许多多的机场。

当埃斯科瓦尔和他的麦德林集团被剿灭、卡利集团被打压之后，本以为美洲禁毒行动会迈出新的一步，不料大毒枭倒下了，拉美广袤的丛林里，冒出来无数个小毒枭。

驱车行驶在茫茫安第斯山脉九曲十八弯的路上，这里仿佛有一个很独特的气象系统，一会儿艳阳高照，一会儿打雷下雨。这里的生态系统非常适合古柯的生长。如果你用古柯来泡水喝或者将它作为药材，它是良品；如果通过化学反应提纯，那它就变成了恐怖的毒品。

驱车不断地攀升，我们很快就到了海拔4200米以上，车已经被浓雾一样的低云包围。

"咱们这会儿开着车在山里跑，跟开飞机在天上飞的高度差不多。"我说，"看车窗外面弥漫着的可不是雾，而是云。"

第六章
沦陷拉丁美洲

翻山越岭开了快6个小时的车，过了好几个检查站和塌方、被泥石流冲毁的路段，我们终于进入了瓦哈卡山谷。太阳适时地冒了出来，放眼望去，山谷里生长着大片大片的古柯——这里就是全世界最大的古柯种植基地。

"这些古柯田，是合法的还是非法的？"梁红问向导。

"它被卖出去之前都是合法的。如果卖给药材公司、食品加工厂或者饮料商，那就是合法的；但是如果卖给毒贩，那就是非法的。"向导回答。

终于抵达缉毒部队的Palmapampa营地。厚重的黑色大门上，喷着三个巨大徽章，分别是智利警察、智利缉毒警的警徽以及这支缉毒部队的队徽。三个徽章图案里，有老鹰、刀剑武器和骷髅这些元素，最后用两条橄榄枝来平衡徽章里的那份肃杀氛围。

看过一些国内外的缉毒题材的影视作品，也听过一些关于缉毒警察的传言，但是从来没有真正接触过他们。他们到底是一群怎样的人，进门之前，我脑海里不禁有着各种猜测。

很快，一位戴着墨镜，身穿白色T恤、迷彩长裤，脚踏军靴的军官，满脸笑容地迎上来和我们握手，说着"欢迎欢迎，非常高兴见到你们"。他的热情，一下子就打消了我的大部分疑虑。

来人叫佩里托，上校军衔，也是这支缉毒部队的最高指挥官。他为人非常有亲和力，一点儿架子都没有。进了营地，他边向我们介绍他们的部队情况，边带我们参观整个营地。

这里是标准的军营规格，驻扎着约莫140人，营地里有宿舍、办公室、健身房、餐厅、篮球场、五人制硬地足球场等设施。我们在营地里见到的每个人，都笑容满面地过来与我们握手、示意。

在办公室里，佩里托上校还给我们展示了他们近期的一些扫毒成果，其中有制毒工具、包装完好的毒品砖、半成品古柯膏等。

"佩里托上校，我们可以在这里拍摄吗？"通过向导，我先问了这个问题。因为在很多国家和地方，缉毒警察的身份都是保密的，一旦他们的形象被流传出去，自己和家人可能会遭到毒贩的报复。

"可以，当然可以。"他说，"我们特别欢迎你们来拍摄，这就是我们的工作，我们引以为豪。"

佩里托上校还说了很多。他说既然选择了这份工作……或者说这根本不只是一份工作，而是身为一个秘鲁人的光荣使命。他们并不害怕报复，邪不压正。我们前来拍摄，可以把他们的生活、工作通过影像传递出去，让更多人知道他们的存在，以及他们正在做的事情。这是对他们的支持，也是一种很好的禁毒宣传。

瓦哈卡山谷行动

在瓦哈卡山谷，缉毒部队与毒贩几乎每个月都会发生交火。

佩里托上校说，就在上个月，他们刚结束一次扫毒行动，在回营地的途中遭到了毒贩的报复伏击，现场造成三名缉毒队员牺牲、两人重伤。

他的语气里有着对遇难战友的不舍，有着对毒贩的憎恨，更有着无所畏惧的坚决。在他的手机里我们看到了当时交火的现场照片，汽车被冲锋枪打成了筛子抛在路边，车内座椅上满是血迹和碎玻璃碴，特别触目惊心。

缉毒部队收到线报，山谷中出现了新的制毒窝点。佩里托上校立马发布命令，营地全员集结。

很快，营地里的士兵全副武装地集结在了操场上。我在部队待过，也曾在阿富汗跟随喀布尔的卫戍部队执行过道路巡查，在伊拉克的巴格达随拆弹部队出勤过拆弹任务，但是在这里确是第一次见到这种面貌的部队。

他们都很年轻，大多数人脸上都透着青涩和稚嫩，他们可能刚成年或者20岁出头，但是这些稚嫩者的目光中，都透着坚毅。

他们的带枪模式我也是第一次见，所有人在离开房门的时候子弹都已经上膛，每个人配备着六个满仓弹夹，腰里挂着急救包。据说每次都有医疗兵随队出行。他们日常执行任务，危险程度可见一斑。

操场上，佩里托上校铺开地图，根据情报做了一个任务安排，然后调出一支八人小队和一架武装直升机。我们向佩里托上校申请，是否可以跟随八人小队一起行动。

最开始他拒绝了，他说自己不能保证这次行动的安全性，不能将我们这些客人置于危险的境地。我们一再坚持，佩里托上校思索了一会儿之后，终于点头答应了。

直升机引擎发动，我们跟着八人小队列队上了飞机。我们进入机舱目睹的第一件事儿是，两名士兵把机枪架在了后舱的两个瞭望窗口上，然后迅速地装上子弹链。

这种迅速而习惯的行动反应，除了让人感觉他们日常训练有素外，还有一种可能就是他们的飞机在天上曾遭受过RPG（手持式反坦克榴弹发射器）的袭击，于是便养成了这种出行战术习惯。

　　武装直升机全程低空飞行，后舱门全程也没关闭。偌大的瓦哈卡山谷在阳光的照耀下，像是一座天然的古柯农场，下方生长着茂盛的古柯。时值3月，正是古柯收获的季节。山谷里还生活着不少以种植古柯为生的农民。

　　回到营地后，根据刚才直升机小队侦察到的地形，缉毒部队在会议室里开了一个作战会议，确定山谷里藏有两个古柯反应池或者实验室。接着，他们做了详细的战术部署，然后再次集结部队，准备开车前往，捣毁目标。

　　从线报，到空中侦察，再到作战部署，到最后的地面行动，这是一次标准的军事作战程序。

　　要执行任务的队员在操场上列队集结，在指挥官的带领下，全员做了一个弯腰左脚跺地的动作，并齐声喊了一句口号后，所有人分乘六辆汽车出发。

　　此时，所有人的表情都变得严肃，他们不知道此次行动会遭遇怎样的场面，不知道这些出去的战友还能不能活着回来。

　　20公里的山路，穿村越镇，转向泥泞山路，接着被一条湍急的河流挡住去路。在渡口等待摆渡船的时候，队员们纷纷下车，占据高处巡逻点和隐蔽射击位置，组成战术队形，预防毒贩伏击偷袭。

六辆车分三趟乘摆渡船过河,部队继续前行。佩里托上校告诉我们,这里的公路都是在毒品泛滥的年代,毒枭们为方便运输修建的。沿途一些种植古柯的农户,很多人也和毒贩有关系。所以,农户给毒贩通风报信、缉毒部队被伏击的情况常有发生,他们也真的是防不胜防。

车队突然停在了山道旁,一个队员下车,指着路基下面的一处低洼处。其他队员迅速下车找好射击位置,瞄向了那里。我们也下车看过去,在树木的掩映下,果然藏有一个古柯反应池。

经过几分钟的侦察后确认没有人,留了两名士兵在上面巡逻,其他人全部下车往下方扑了过去。

一个十来平方米的反应池,两个简易搭建的木屋,便构成了一个小小的制毒工厂。一堆还没吃完的盒饭、半瓶还冒着汽的可乐、一袋吃了一半的饼干,这些线索都证明,制毒分子离开没多久。看来是缉毒部队在行进到山脚的时候,就有人通风报信,制毒分子提前跑路了。

现场臭气熏天,地上散落着一些简易的化学试剂容器,反应池里浸泡着满满一池子的古柯叶,边上是堆成小山包似的废弃叶子。看来这个小制毒工厂已经运作不短的时间了。

缉毒部队在现场做了细致的搜查之后,开始拿出设备提取样本以留存。虽然这里是一个再明显不过的制毒窝点,但是他们还是要按照法律程序办事。

很快,他们开始在反应池里挖出一个坑,埋进去TNT炸药(学名叫三硝基甲苯),绑好雷管和引线。佩里托上校示意我们往后退,他们要用炸药彻底摧毁这里。

一声爆炸,藏在瓦哈卡山谷里的一个制毒工厂,便宣告彻底摧毁。

这本来是一件让人高兴的事情,但是又颇让人无奈。广袤的山脉丛林、偌大的山谷、天然生长的古柯……一个制毒窝点被端掉,另外一个窝点又会很快建立起来。野火烧不尽,春风吹又生。

缉毒部队的任务,似乎永远没有尽头。

"我们为世界而战!"

脱下戎装,这群缉毒士兵又恢复了邻家大男孩模样。

傍晚时分回到营地里,结束了一天的任务和训练的年轻人,卸下身上沉重的装备后,他们也蜕了那层坚毅外壳,恢复了我们所熟知的二十啷当岁的青少年的状态。

宿舍里放起了音乐,有人抱起了吉他。热衷撸铁的年轻人把自己泡在了健身房里,性格内向点儿的在一旁擦拭着自己的配枪、军靴,热爱运动的男孩则在操场上围绕着一个足球,分组对抗。还有人躲在角落抱着手机给亲人发消息,有人拿着一些剩饭去喂养那些收养的小猫小狗。

整个营地里,岁月静好。而肃穆的大铁门外,便是高墙铁丝网。每天走出这扇大门,他们就要去面对世界上最凶残的毒贩。

这份宁静只持续了短短几个小时,当晚凌晨1点左右,

第六章
沦陷拉丁美洲

营地里就响起了集结哨声。刚入梦的年轻人立马起床,戎装上身。缉毒部队刚才收到了巡逻情报,发现一处大规模制毒工厂。

佩里托上校给大伙儿分享了情报线索,制订了作战计划之后,领着大伙儿喊了几句口号,最后用力拍了拍巴掌说:"大家辛苦了,抓紧一切时间,去消灭他们,出发!"

雨夜里,车队穿梭在安第斯山脉上,在凌晨3点的时候又路过白天那条大河,依然靠轮渡过去,直到天光大亮,我们才到达目的地。部队全员下车后,把车藏在路边的杂草丛里。

路沿左侧是一片树木茂密的峡谷,已经没有下去的路了。做了一番侦察后,佩里托上校留下一个小队原地待命,剩下的人沿着斜坡爬下峡谷。

因为下方情况不明且地势复杂,没有通道,上校这次非常坚决地拒绝了我要随队行动的要求,让我们和留守小队一起在原地待命。

很快,行动小队的身影隐没在了峡谷内的杂草树木之间,我们则在上方焦急地等待着。小雨淅淅沥沥下了一夜之后,清晨的山谷雾气氤氲,剩下的人没有半分心思来享受这清新的空气。除了三两声早鸟啾啾,山谷里安静得令人窒息。

我们希望能够听见一些动静,又害怕听见枪声。

过了一个多小时,山谷里传来一声爆炸的闷响。看样子是行动小队发现了制毒工厂并成功将其炸毁。下面没有枪声响起，可喜的是没有发生交火，令人忧虑的是又让制毒分子跑掉了。

有人影从树林里钻出，爬上马路，缉毒部队的成员陆续都回来了。佩里托上校说，很遗憾没有抓到人，成品毒品也被他们带走了，除了炸掉工厂，他们一无所获。

在回程的路上，我跟佩里托上校聊天，问他每天在这片丛林里从事这样的工作，到底值不值得。

上校大方地咧嘴一笑，说："每次行动不管是什么结果，都是值得的。可能这一次我们没抓住他们，但是下一次还有机会，在制作毒品的时候、转移运输的时候、走私出境的时候，总之，在我死之前，我都有机会抓住他们。就算我死了，我相信这些年轻人也一定会抓住他们。"

他顿了顿，脸上的表情变得严肃起来："毒品损害的不只是我的国家，它侵蚀着全世界。我们不单单在为秘鲁而战，也是在为全世界而战。"

第七章

CHAPTER 7

飞越大西洋

极夜将至，错过南极

"横行"加勒比海

三过赤道，燃油告急

大西洋，我们来了

跨越天堑前的准备

DIY 油泵

生死大西洋

老天爷送风来了

极夜将至,错过南极

我们迟到了,错过了南极。

回到曼塔,北纬40度上空的积雨云、风球和雷暴气象,依然横亘在我们南下的飞行航路上。北京后方的烟斗也发来消息,南极已经入冬了,温度急剧下降、暴风雪频发,智利军方不会给我们进入南极的许可。此外,3月22日南极也将进入极夜,在这样的天气条件下,十天的时间我们断无可能从厄瓜多尔飞抵南极点,然后再飞回到阿根廷。

"一路上各种飞机故障、各种坏天气拦路,然后各种延误,"我无奈地在机场大厅沙发上发牢骚,"紧赶慢赶,紧赶慢赶,咱们还是错过了南极。"

飞抵南极,是我们此次自驾环球飞行最重要的一个节点,也是我和梁红长久以来的一个梦想。但是在当前的情势下,注定没法儿硬闯了,我们只能被迫放弃南极登陆计划。

我们联系了航空代理公司，更改原定航线，还联系了中国飞龙的工程师，劳烦他们飞一趟厄瓜多尔。追了一路的行程，突然就不用赶时间了，那就干脆请他们过来帮忙给"超级白"做一次半程的全面检查和维修。后面还有30 000多公里的路，我们不能一直悬着心飞，然后再去紧急应对那些高空中的突发机械故障。

虽然涉险那么多次，我们都成功——或者说侥幸扛过去了，但是绝不能形成侥幸心理，致命事故可能就发生在下一次。

经过几天的等待，"超级白"的两位娘家人终于到了曼塔，他们开始对B-3804进行全面的检修。

跟当时我刚把它从落灰的机库捞出来时一样，工程师们一块一块地对"超级白"进行拆卸、检查。

先是拆了发动机舱盖，检查发动机；然后是螺旋桨和轴承，检查承重螺丝韧性，加注机油；还有对整个通信系统进行测试、校准；燃油系统也没落下，做油箱清洁，拆开清洗进油口滤芯；还有更换、维修瘪了很久的防撞灯和昏暗的航行灯；最后也没忘了修理好扭矩表……

用汽车维修的话术来说，就是两位中国的工程师飞了20 000公里到地球另一端的厄瓜多尔，来给B-3804做了一次全面的大保养。

看着焕然一新的"超级白",我心里踏实了不少。

航空代理公司更新的航路传到了我这里,我们不用接着南下了,从厄瓜多尔回头到巴拿马,然后往东飞。

终于从逗留了快半个月的曼塔机场离开了。这一次过赤道的时候我们没有再恍惚错过,拿出手机拍下了那个瞬间。

经停哥伦比亚的首都波哥大,然后回到了巴拿马城,在这儿停留了两天。

第一次从哥斯达黎加飞往巴拿马的时候,在飞机上我就试图寻找地面巴拿马运河的痕迹。当时云层遮眼无缘得见,这次无论如何都要到这个人类工程学奇迹近前去感受一下。

侣行 IV
云上六万公里

📍 安第斯缉毒行动

📍 跟随缉毒部队,参加扫毒行动

📍 俯瞰拉美

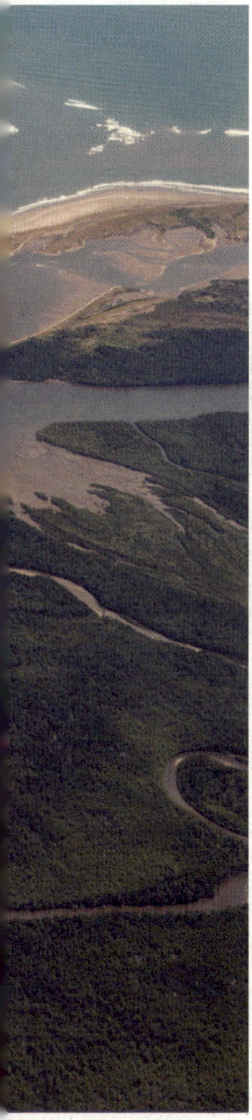

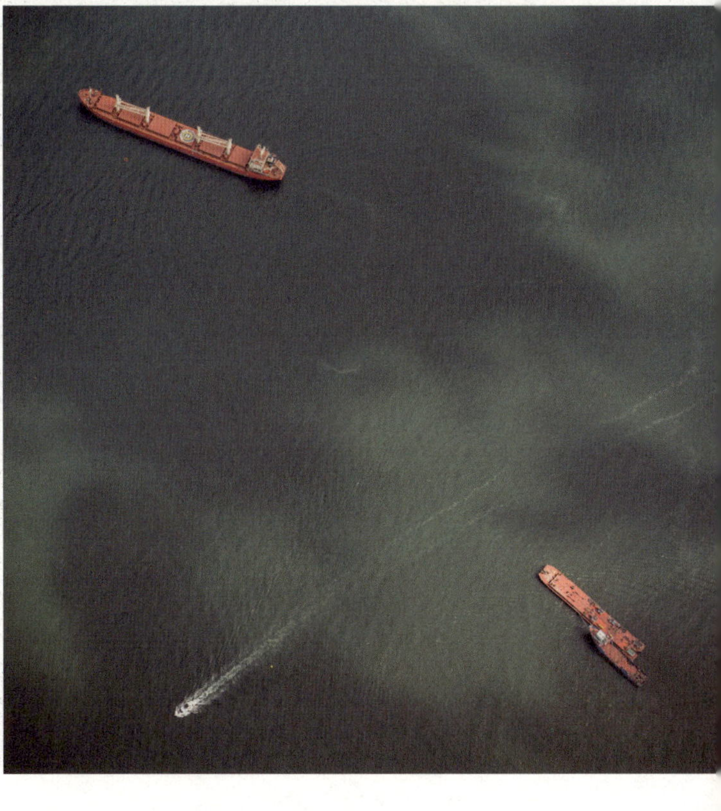

📍 __ 脚下的安第斯山脉

9⃝__ 闪电夜行

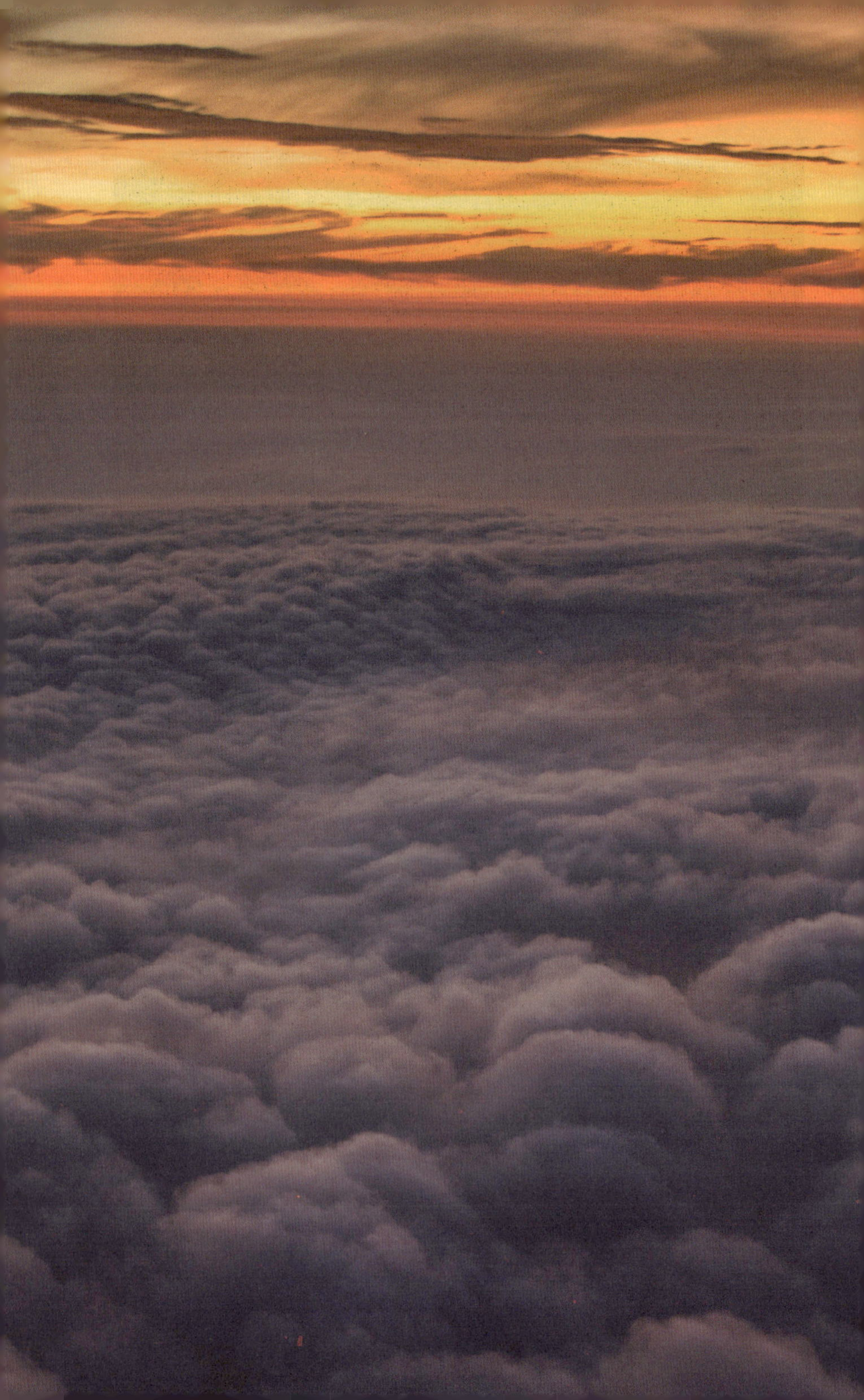

📍__ 云上的日落

♦︎__ 在哥斯达黎加，维修"超级白"

第七章
飞越大西洋

"横行"加勒比海

如果说此前的飞行是天公的考验，那么这一段飞行则全是造物主的馈赠。

离开巴拿马城，我们直奔加勒比海的上空。眼前万里无云，玉宇澄清，脚下则是"罢如江海凝清光"的加勒比风光，整个海面像一块被反复擦拭干净的透明水晶体。一块巨大的明绿色珊瑚礁趴在水底，清晰可见，看上去就像是块巨大的绿琥珀静静地卧在那儿，让人分不清究竟是它在水里，还是它本就是被水填充起来的。

"超级白"似乎变成了一架旅游专机，将我们送抵加勒比海南岸的小安的列斯群岛西南部的阿鲁巴，这儿是欧洲荷兰王国的一处海外领地。

这个不足北京市朝阳区大的岛国，却拥有着世界上最漂亮的机场——或者不能称之为机场，那完全就是一个超宽的滨海大道，说是防浪堤也行。跑道的一侧离海水不到10米之遥，我怀疑海浪大一点儿都可以直接飞溅上跑道；另外一侧则种满了热带岛屿那些富有特色的植物，极富美感。

这是个用不了一天就能逛完的国家，一路风尘仆仆的我们，便在阿鲁巴当了一天的度假游客，团队的小伙子都戴上了遮阳帽，换上了沙滩裤、人字拖，在加勒比海边尽情地享受着阳光、沙滩。

前半程飞得太辛苦了，在这儿算是给大伙儿来了场休闲团建吧。

第二天做飞前检查的时候，还是发生了一点儿小意外，飞前检查的时候左侧主油箱有点儿渗油，用密封凝胶封上暂无大碍。

离开阿鲁巴，继续往东。阳光照射在海面上，形成斑驳的星星点点，海风拂过水面，像是万千繁星在随波跳跃。

一路心态轻松，美景怡人，在这次自驾环球飞行的航程里，我第一次感觉到驾驶"超级白"没那么累。

全程大伙儿的状态都特别好，就子冠有点儿郁闷。

在空中发生了个小插曲，子冠手握手机伸出机舱外想去俯拍加勒比海的美景，但他显然误判了飞机在飞行过程中形成的风阻，一个没抓住，手机脱手滑落，掉进了茫茫加勒比海里。

大伙儿都幸灾乐祸地哈哈大笑，子冠依然徒劳地把手伸在舱外，刻舟求剑。我逗他说："你赶紧祈祷下面的海域别那么巧刚好过船，要不过几天就上新闻头条了——加勒比海天降手机砸沉渔船之类的。那咱们可就扯上国际事故纠纷了。"

梁红也"安慰"他说："子冠，你甭着急，回去后经常去海边转转，说不定你的手机像漂流瓶一样，哪天就漂到了中国呢？"

就这么嘻嘻哈哈一路，我们顺利降落到特立尼达和多巴哥。

做落地检查的时候，又发现发动机顶部有一颗螺丝松动了。我安排金星去拧紧螺丝，然后对大伙儿说："咱们是开始交好运了吧。之前都是在飞行途中、在高空上，飞机时不时地闹点儿小毛病。这两趟也有毛病，左油箱渗油、发动机顶盖螺丝松动，但都是在起飞前和落地后发现的。"

梁红笑着接话说："老张，你可不兴心理暗示这一套啊。"

美丽的加勒比海在挽留我们。

本来计划是经停特立尼达和多巴哥，然后马上转场直飞苏里南。从阿鲁巴过来的时候有点儿偏航，多耗了些时间，落地的时候有些晚，我便决定在这儿住一宿，明天再接着飞。

在亚洲和北美的时候，每天都是赶着凌晨4到6点进场，准备起飞。那会儿是因为每一段的航程都超长,我们要抢白天的时间。到了中美洲,我们还是得挑早上尽早出发,这会儿不抢时间了,而是在抢温度。赤道附近实在是太热了,虽然高空温度没那么高,可是离太阳近,那种曝晒和刺眼着实让人难受。

挥别加勒比,从特立尼达和多巴哥离境,这一段我们要在空中跨越委内瑞拉和圭亚那,目的地是"黄金国度"苏里南的首都帕拉马里博。

飞了不到2个小时,温和的太阳晒得人昏昏欲睡。我招呼梁红:"你来驾驶,我睡一分钟。"

"好,我来。"梁红体贴地答道,"你可以多睡几分钟。"

其实人在疲劳驾驶犯困的时候,只要能够眯瞪一两分钟就行,这短暂的浅睡眠真有功能饮料的效果,再睁眼又能精神抖擞一阵子。但是如果强努着撑开眼皮驾驶,人特别容易精神恍惚,从而眼前出现重影,遭遇危险。

就算在睡眠状态,潜意识里也有根绳子悬着,提醒我正在开飞机。猛然醒来,我可能睡超时了一分钟。

"你要不也眯瞪会儿,换我来。"我对梁红说。

"不用,我还不困。"她说。

小白突然问:"哎,老大,我有个问题。你为什么不给

'超级白'装自动驾驶系统呢?"

"我就是他的自动驾驶系统呗。"梁红笑着接话道。

我一下子也笑了起来,说:"自驾环球飞行,自驾环球飞行,你要抠字眼,装了自动驾驶还算什么自驾?"

"人没那么遭罪呀。"小白说,"自动驾驶缩写不也是'自驾'吗?"

"嘿,你还真抠上了。"我说,"原因就一个字——穷。"

众人再次一起哈哈笑了起来。

到正午时分,梁红开始频繁地打哈欠,我接过操纵杆,让她也抓紧眯瞪两分钟。但她就是倔着不肯睡,她说:"睡了第一次就想着有第二次,总有咱们俩都犯困的时候,我不用眯瞪,歇会儿就好。"

"你这犟媳妇儿。"我这不是埋怨,而是心痛和感动。

入境苏里南,顺利降落在帕拉马里博机场。落地那一刻,后座突然又响起了掌声。我说:"又要谢机长不杀之恩了?我可记着已经有好几站没有掌声了啊,你们的好习惯怎么不保持呢?"

三过赤道，燃油告急

这里是一个我向往了很久的国度。

在苏里南待了3天，因为这个国家有两个我特别感兴趣的元素：遍地的黄金和庞大的华人群体。因此在这儿逗留期间，我们去走访了苏里南的黄金生态链，并了解了华人社区的生存现状。

在整体上偏贫穷和混乱的拉美世界，苏里南可以说是难得的一处岁月静好、和平稳定的地方。

收拾行囊，离开帕拉马里博，我们将要奔赴在南美大陆上的最后一个国家：巴西。

从厄瓜多尔开始，我们享受了几段飞行中的好天气，可从这儿开始，又要和老天爷较劲儿了。天上的云层很厚，视野特别不好。收拾起松了一阵子的心弦，恢复到那种聚精会神、用力驾驶的状态。

第七章
飞越大西洋

从帕拉马里博飞往巴西帕拉州的贝伦,这个航程很长,综合上距离、顺逆风、起飞重量、平均油耗等一通计算,油量刚刚能够支持我们抵达。

第三次在空中跨越赤道,第一次因为天气特情忘关注了,第二次还有点儿兴奋,这一次就没什么特别的感觉了。我额外贫了一嘴:"想那旧社会红军四渡赤水,如今新时代咱们三过赤道。"

空中适宜的温度、太阳的抚摸,都让人昏昏欲睡。飞行期间实在撑不住了,让梁红独自驾驶,我睡了一小会儿。缓过神来之后我接手继续开,不料太阳下去之后,气象雷达开始不停地闪烁,这后半段航程的天气很不友好,有积雨云,还伴随着大侧风。这种情况让人一下子睡意全无。

穿云、避云,还要顶着侧风。我们战战兢兢地飞了4个多小时,离贝伦不远了。我稳住飞行姿态,再坚持300公里就到了。

"报告,贝伦机场上空有强降雨,B-3804无法降落,空管通知咱们返航。"小白突然汇报。

"什么?"要不是驾驶舱太窄,加之安全带绑着,我都要弹起来了。这是我们飞到目前为止,第一次接到塔台的返航指令。

"继续联系贝伦,搞清楚是什么情况。"我先给后舱下指令，然后让飞机在原地盘旋。此时我才注意到，我们已经进入了一片只有一个小豁口的面包圈似的云团里。

在收到空管的确认回复前，就只能继续原地盘旋等待了。小白持续联系，可是那边乱哄哄的，根本没有人理会我们。大概在云圈里盘旋了40分钟，依然没有得到贝伦那边的消息。

我看了看油量表，我们不能就这么干耗着。思虑一番后，在没有空管指令的情况下，我第一次行使了机长可以下达更改航线命令的权力。我先让子冠寻找距离最近的备降机场，然后对小白说："咱们的油量不多了，根本不够返航的。你继续联系空管，B-3804油量不足，无法支持返航，申请更改航线，降落备降机场。"

这其实不是申请，而是通知——更可能是一条没法儿得到回复的通知。燃油不够，我根本没法儿执行返航指令，那不是逼着我们坠机吗？

"报告，最近的备降机场，就是阿马帕州的马卡帕机场。"子冠汇报。

"申请变更航线，咱们去马卡帕。"我边指示小白，边准备调整飞机航向。我控制飞机，在云圈里来了个大角度的转向掉头，从那个小豁口里冲了出去，奔向马卡帕。

这会儿飞机的燃油灯已经开始闪烁报警了，搞不好都撑不到降落备降机场。

"通知后舱,把所有高功耗设备都关了,大伙儿充电的设备也都断掉。"我说,"咱们要想办法省着挤出些油来,供发动机。"

离目的地越来越近,油箱油量也已经快要触底。小白说:"老大,要不要提前降高度,低空飞行?"

正全神贯注把着操纵杆的我回了一句:"除了仪表监控和汇报,从现在开始禁止给我提意见。"倒不是我独断专横,在这种关键时刻,我的脑子必须保持专注和清醒,有人提意见,我就会多考虑,想多了就会焦虑犯错。

憋着一口气在最后时刻,终于把飞机平稳地送进了跑道。后舱的掌声响起,看来他们真的开始保留这个"优良"的习惯了。

"真悬。"小白说,"真的是在跟油量赛跑,再远个三五十公里咱们可能真撑不住。"

"放心,就算真撑不住了,咱们也不会坠机。"我扭身看向后舱问大伙儿:"你们刚才在天上看见下面的亚马孙河入海口没?如果真的油烧完了,我就把飞机迫降到亚马孙河里去。"

"老张当年还在亚马孙河里跟食人鱼一起游过泳呢。"梁红接过话说,"不过,除了食人鱼,河里还有凯门鳄。"

大家的掌声霎时停住，所有人都愣在了当场。

看大伙儿这副表情，我赶忙圆场："都甭愣着了，赶紧做完落地检查，出去找个好馆子猛吃一顿。飞了二十站了，咱们庆祝一下。"

大西洋,我们来了

"我们中的三个人下飞机,坐民航去塞阿拉州的首府福塔莱萨。"在马卡帕,我调整了下一段的飞行策略。

这次倒不是因为飞机超重或者距离超远,而是过了福塔莱萨,我们就要进入大西洋了,那是一段超远的航程。我需要利用从马卡帕到福塔莱萨的这一段,来提前做飞行测试,看看减轻飞机配重且满油的状态下我们的实际平均油耗,再计算出我们飞机的性能可以支持飞行的实际极限距离。

子冠、小权、王恒下了飞机,带着他们的行李去搭乘民航。临行前我开玩笑说:"你们可就舒服了,去坐有座位、有增压舱、有空调的大飞机,留我们接着在'超级白'上遭罪。"

少了三个人和行李,飞机轻了200多公斤。在马卡帕,我把四个油箱全部塞满,"重装"出行。

做飞前检查的时候,大鹏负责之前王恒干的活儿,要去把飞机上许多部件的口盖揭开。他好奇地问:"每次落地就盖上,起飞就拧开,之前在北边飞是担心进雨雪,现在都在南半球了,为啥每次还要盖上再拧开?"

"这你就不懂了吧。"我解释说,"除了防雨雪和杂物飘进去,咱们还得防止有小虫子进去筑窝产卵。你还记得咱们在哥斯达黎加参观的运-12E的翅膀吗?那儿都加了隔离罩,防止海鸟去机翼下临时安家。"

抬头看了眼天空,我们的起飞方向——机场的南边被厚厚的乌云笼罩着,看来这一段我们又得吃点儿苦头。

要为飞大西洋做测试,这一趟我必须尝试一些极限操作。获得塔台允许发车的指令后,发动引擎,我直接把油门推到底,操纵杆也拉到了极限,"强势"起飞。

我这正铆着劲儿操控飞机,梁红汇报:"老张,发动机超温了。"

"我知道,"这个飞法不超温才怪,我说,"上升率是多少?"

"上升率每秒7米。"汇报完,梁红自己都不敢相信自己的眼睛,又看了一眼仪表盘确认了一次。

"牛!"我们平时的正常起飞上升率是每秒3米,在墨西哥的时候因为高温差点儿起不来,上升率只有每秒0.8米,这

第七章
飞越大西洋

会儿直接被我干到了每秒7米。我感叹道:"这发动机是真好啊。"

"'超级白'也太给力了。"梁红还没回过神来。

"不过不能经常这么飞。"我说,"这是为咱们过几天飞太平洋做测试,如果连续这么起个四五次,发动机就完蛋了。"

还好乌云只在机场上方那一片区域,我们很快就扎了过去,眼前的视野回来了。"地球之肺"亚马孙雨林就在我们脚下,经历了俄罗斯的灰白、墨西哥的苍黄,地球又换了套绿衣服展示给我们欣赏。

飞得有点儿饿,我说:"座舱长不在,金星,你看看他有没有在后舱藏什么好吃的,给我上缴咯。"

他一番搜罗,汇报说:"有两根哈尔滨红肠,还有糖。"

咬了一口红肠,还行,没坏。我说:"留一根去非洲吃。"然后,我剥开一颗糖。"梁红,张嘴。"

"干吗?"她扭头看了我一眼。

"给你尝点儿甜头。"说着,我把糖塞进了她的嘴里。

小白在旁边傻乐,说:"没眼看了都,在天上还秀恩爱呢。"

飞了一段航程之后,梁红说:"老张,你飞一会儿,我睡十分钟。"

"批准。"我接过了操纵杆。实际上一路飞过来,除了遇到特情,我都比较放松,跟大伙儿开开玩笑,或者扭头四处看看。但是在天上梁红全程都处于很专注的状态,真的特别辛苦。就像我们在加勒比时说的那句玩笑——她就是我的自动驾驶系统。

"小白,我要吸氧。"随着高度的攀升,我开始频繁地打哈欠,显然有些缺氧反应了。

"梁红,你也把氧气面罩戴上。"我说,"咱们现在高度是多少?"

"高度16 000英尺。"小白答。

"还得继续上高度。"我说,"接下来没有机会测试了,我再上一点儿,你们注意监测各个高度的油耗和发动机功率。"

"高度17 000英尺。"

"高度18 000。"

"高度19 000。"

"高度19 700,不能再上了。"小白说话的声音已经有点儿哆嗦了,整个嘴唇都开始发紫。

19 700英尺,我在心里换算了一下,相当于爬到了海拔6000多米。"梁红,快拿手机拍照。"我说,"咱们也太牛了，继在彼得罗巴甫洛夫斯克地速跑到每小时400公里，今天满载起飞上升率每秒7米之后，现在又破了个高度纪录。"

在高空之上，我一边顶着难受的缺氧反应，一边在心里乐开了花。

跨越天堑前的准备

大改造、大扫除、大采购、大计算,这些就是当前堆在我们面前的活儿。

"超级白"B-3804的设计极限航程是1340公里,在国内改造的时候我做了一系列拆除减重,加了两个副油箱,将它的理论极限航程拉到了2000公里。但截止到目前,我们只飞过单程最长1700公里的实际航段。而想要跨越大西洋,从福塔莱萨飞到对面非洲最近的佛得角,距离是2700公里。中间只有茫茫大海,没有任何的陆地、岛屿可供降落、补给。

把飞行的活儿变成数学题,经过从马卡帕到福塔莱萨的飞行测试,根据沿途的监控数据,我们进行了一系列计算。

"继续减重,再加个副油箱。"这是唯一有可能支持我们飞越2700公里大西洋的应对办法。

继哈尔滨之后,我们对飞机进行了第二次"速效减肥"。没别的招儿,就两个字:拆、卸。

仅剩的一个后舱座椅拆掉,唯一的一个备用轮胎卸掉,备用卫通天线拿掉,所有人员的个人行李全部下飞机,食物也不留了。最让我不舍的,是一堆资料,那是我们从中国出境开始,积累下来的所有飞行资料、气象图、机场图、航路图、机场手续等。这些东西对我和梁红都有特别的意义,但是它们实在太沉了,只能忍痛搬下飞机。

"紧急灭火器留着吗?"小白问。

"不留了。"我说,"这一程咱们两个重度烟民也都憋一憋,咱俩就留一盒,打火机也只带一个。"

再做一次大扫除,边边角角旮旯缝隙都不准放过,一根头发、一粒沙子也是重量,我们得抠出来给油箱配重。

如此一番折腾下来,"超级白"又瘦了一圈,但是后舱空间却再也容纳不下一个大铁油桶,我便拿出了出发前在国内订的软质油囊,它能塞下860公斤的油。再加上总容量1616升的两个主油箱、总容量1060升的两个副油箱,"超级白"差不多能吞掉3000多升的燃油。

开始测试从油囊往副油箱供油。开油泵,澄清的燃油顺着输油管往前跑,但是很快油管里就出现了气泡。我正在琢磨这是什么原因,油泵就瘫了。

我有点儿傻眼,这是什么情况?我想了一会儿,说:

"上备用油泵。"

梁红提醒我,我们就一个备用油泵。

"没办法,得把油加进去,上备用泵吧。"我无奈地说。

边测试边在心里嘀咕,这可是我们最后的一个泵了,你们千万别跟我闹脾气。心还悬着呢,跑了不到一分钟的油柱又停了,这个备用油泵也交代了。

挠了挠头,反应了一会儿,我终于恍然大悟。"嘿,我真是个傻瓜。"我跟自己置气,"咱们飞机的整体供电是24伏,最高25.6伏,油泵的电压也是24伏,我们地面电源的供电电压是29.1伏。"这高出来的5.1伏,有可能就是油泵损坏的原因。

飞机上总共就三个泵,两个主泵,一个备用泵,这一通测试直接报废了俩。我可不敢把身家性命都赌在最后那个泵上,保证它能顶得住这3000多升油和2700公里的航程。一旦出故障,备用油加不进油箱,我们就得掉进海里了。茫茫大西洋,就算当时没死,救援都找不到人。

"粗心了,是我的错,咱们进城找油泵去吧。"我说,"时间紧急,咱们得赶紧。"

卡在我们脖子上的不止有飞机减重、加油囊和供油的问题,这些都是可以通过人力解决的,我们解决不了的,是天气。

第七章
飞越大西洋

巴西的天气变化莫测，而我们只有一次飞越大西洋的机会，必须请老天爷帮忙。首先，那天航路上得有顺风，然后早上四五点钟要下点儿雨降低温度，这样空气密度加大，我们飞机的升力提高，能够支持我们超重起飞。

想飞越大西洋，需要天时地利人和。

地利，是跑道面不能有积水增加机轮的阻力，让飞机能跑到最大安全速度范围之内。

人和，就是我和梁红两人的状态必须最佳。

即便这些都满足了，还需要"天时"：顺风，以及起飞前下点儿小雨。等了很久，下雨的时候没顺风，顺风的时候没下雨。直到这天根据天气预报和气象图，得知后天的清晨会下雨，航路上有顺风。那将是我们最好的起飞时机。

天有不测风云，错过南极，我们还能换航路继续环球飞行行程，但是错过这段"天时"，我们将无法跨越大西洋，环球飞行就无从谈起，变成"半环飞"到此为止。

DIY油泵

紧挨着大西洋的海滨城市福塔莱萨很美,但是我们却没有时间和心情去欣赏。

偌大的一座城市,我们却买不到油泵。先是根据地图信息跑,结果过去不是拆迁了就是倒闭了,无奈去问路人,好不容易找到地儿,完蛋,人家店主改行了。终于找到一家还开着的店,结果一问,没货,让我们等几天,他们联系从里约热内卢发货过来。

最后终于找到一家有货的,但是他们没有电动的,只有手摇油泵。这种泵近30斤的自身重量在飞机上就是个负担,然后在几千米高空的缺氧环境里,依靠手动操作一路把2000多升油送到主油箱里,这事儿不现实,人根本熬不住。

奇葩状况全让我们碰见了,机场维修区下午4点关门,明天早上我们就得起飞,油泵依然没有着落。

"去汽车修理铺,飞机油泵找不到,咱们就找汽车的吧。"我说。无奈之下只能采取此举。

在那里我们终于找到了两个车用油泵,再买上转接头,这备用油泵算是到手了。

昨天做了数学题,接下来要做物理题了。同样是电压问题,飞机上是24伏供电,而这两个车用油泵是12伏的,我们还得找电源。最后在一家摩托车修理铺买到了小的12伏电瓶。

在城里折腾了大半天,看着手上拎着的货,我苦笑说:"咱们飞机的油泵坏了,却买了用在汽车上的油泵、用在摩托车上的电瓶。"

摩托车电瓶很小很轻,容电量也很小,但是是12伏供电,飞机供电是24伏,所以要把两个摩托车电瓶串联,用飞机给两个电瓶充电,然后把汽车油泵接在其中一个摩托车电瓶上。现在我们就可以让那个没坏的主油泵上阵,两个汽车油泵做备用了。

回到机场,大伙儿围着看我拿着钳子、电线,用摩托车电瓶和汽车油泵,把这些东西手工制作成一个飞机用油泵系统。

"老大,你啥学历啊,学物理的吗?"小白好奇地问。

"我高中没毕业就去当兵了。不过,这些年就几乎没怎么吃过没文化的亏。"我自嘲说,"鼓捣机械久了,这叫自学成才。"

嘚瑟归嘚瑟,当时我心里也没谱自己临时DIY的这套泵在高空能不能正常运转。

我说:"除了这个,我这儿还有套备案。如果到时候这备用泵也坏了,不好使了,就把飞机除冰的那个引气管拆下来接到油囊和副油箱里,然后开除冰,通过引气管往油箱里供气,产生正压,把油压进主油箱里去。"

所有人再次一脸蒙,这也行?

我一脸坏笑地对小白说:"如果再不行,你就拿刀把油囊划开,拿个杯子一杯一杯地把油往油箱里扤。"

新的油泵制作完毕,我们再次回到机舱里测试。接好管道和电路,这次避免使用机场地面电源,用机上电源供电,把泵通过油囊口塞进去,摁开关给电。我看着输油管,像在期待着一个奇迹发生一样,很快,清亮的航空煤油就涌进了管子,顺利地流进了副油箱。

"得嘞,能行,靠谱。"我拍了拍巴掌,咧嘴一笑。

叫来油车把五个油箱全部加满,飞机的重心前移,尾翼支撑杆离地翘了起来。我只得又张罗着转移100公斤的油去行李舱,以此平衡飞机的重心,最后终于将重心点找了回来。

"明天其他人都下飞机,这一程就我和梁红、小白三个人飞。"直到最后时刻,我才把在心里盘算了很久的决定告诉给后舱队员们。

没办法,我只能牺牲人的重量换取载油的重量。当时在俄罗斯飞阿纳德尔的时候,四个油箱满油状态全员上机就起飞超限,最后只能泄油转飞马加丹。那会儿的温度是零下33摄氏度,发动机的功率大,飞机的上升率好;现在的温度是30摄氏度,发动机的功率和飞机的升力都受影响,载油量比那会儿还多……重重因素之下,只有让大伙儿下飞机了。

虽然做了大减重,但是现在加了油囊,飞机已经超了最大起飞重量。第二天早上机场能不能批准超重起飞,"超级白"能不能扛得住,我心里也不是百分百有谱。超重起飞有可能到跑道尽头还没拉起来,在那儿就直接自爆了。不是怕丢命,关键是怕丢人。当然这都是玩笑话,如果没有前面30 000多公里的飞行及应急经验等,我也不会真的强行努着来。所有的决定,都是基于我们对自己和飞机的信任,以及彼此之间的信任。

自驾环球飞行,是我和梁红一直以来坚持要去实现的梦想,就算真的不幸没飞过去,栽了,我们俩也没什么遗憾,但是这些年轻人不行,我不能把超过自己能力控制范围的风险加到他们的身上。

至于小白,他是机组领航员,参与了全部的计算和航路设计,我把决定权交给了他自己。他笑笑说:"老大,我相信你和红姐,相信咱们的飞机,相信咱们的计算结果。"

大伙儿都沉默了,静静地看着我和梁红。从哈尔滨出发走到现在,朝夕相处,也可以说是数次共患难,闯过了生死。从他们的眼神里我能读出那些复杂的情绪,如果可以选择,他们肯定会跟着我们继续并肩飞。

离开机场,我们去超市买了很多菜,今晚我决定亲手给大伙儿做一顿饭。我以前总笑称,不会开飞机的机械师不是个好厨子。我做饭还挺不错,这个时候我也只能选择给大家做一餐饭来表达自己的心意了。

烤牛排、海鲜炒饭、蔬菜沙拉,不算丰盛,所有人吃得津津有味,但是又集体沉默。我想说,这不是"最后的晚餐",但是说不出口。明天可能出现的那种最糟糕的结果,其实此时此刻所有人都心知肚明,心照不宣。

生死大西洋

世界上最难走的路,便是生死未卜之路。

睡了两个来小时,凌晨3点半到机场做在南美洲大陆的最后一次全员集结和飞前检查。下一次,就得在非洲了。

凌晨的小雨如期而至,刚刚好。

到5点半天开始放亮的时候,巴西民航局的人过来上机检查,确认我们是否都合法合规,具备离场条件。我们也已经提前跟机场说明了我们的超重情况,机场批准了我们的申请。但是检查员打开舱门,看见我们拆得啥也不剩,全是加装油箱的后舱时,他还是愣住了。

我告诉他,因为我们即将飞越大西洋,这是一段极为特殊的超长航程,我们只能加装这么多油箱。

"你是机长,你需要承担全部责任。"他对我说。

"当然。"我说,"我承担全部责任。"

"那在你签字之后,我可以给你通过。"他说。

做完全部的例行检查,他对我说:"你们太不容易了,我给你们签放行。祝你们顺利。"

"谢谢,十分感谢。"我跟他握手致谢。

随着起飞时间临近,我的心跳一直在加速,非常紧张,跟我第一次训练单飞、第一次自驾出境的时候是一样的状态。出发以来每次落地,我都会说"嘿,不错,咱们又活了一集",这次总感觉像是最后一集。

梁红也是如此,她说:"像学生大考,马上要进考场的感觉,特别紧张。"

往常的例行飞前检查,今天所有人都来来回回足足做了三次。这是出发以来,我第一次心里没底的一段航程。无论如何,我们把能做到的检查和准备工作都做到极致了,老天爷该送的雨也来了。接下来,就尽人事听天命吧。

"小白,申请ATC(空中交通管制)放行许可。"我发出今天的第一道飞行指令,爬进驾驶舱。

所有人都在舱门跟前默默地站着,满脸凝重地看着我和梁红,一言不发,眼里尽是担心和不舍,子冠甚至背过了身去。

这现场气氛太压抑了。我呵呵一笑,挥了挥手跟大伙儿说:"都甭哭丧着脸了啊,搞得生离死别似的,我可受不了

第七章
飞越大西洋

这种。你们赶紧回去吧,先都好好睡一觉,睡醒了再打包行李。明天你们坐民航过去,咱们在非洲见。"

依然没有人动弹,我便开始撵人了:"赶紧走,飞机要飞了。"

在我的"驱赶"下,他们终于挪动了脚步。金星张了张嘴,挤出来几个字:"保重,一路平安。"其他几个人也跟着边挥手边说:"保重,一路平安。"

舱门关闭,雨后的晨曦透过玻璃照射到我们脸上。

小白说:"塔台程序走完了,可以直接起飞。"

最后拉了拉安全带,我扭头问梁红:"紧张吗?"

"紧张。"她答。

"害怕吗?"我接着问。

她咧嘴笑着答:"不害怕,你在身边,我怕什么呀。"

"不害怕,那咱们走了啊!"说着我便开始给油了。

五个油箱满油,在6.8吨的重量下超重起飞,"超级白"往后稍稍顿了一下,还是倔强地开始滑翔、起速,在速度到达每小时180公里的时候成功离地。

晴天、薄云,雨后低温天气,天时地利人和,促成了我们这次成功的超重起飞。

"保持好飞机状态。"

"扭矩不要超过18,收扭矩。"

"时速200公里，减小上升率。"

"襟翼15度，按阶段收襟翼。""起飞阶段太棒了。"后舱响起了小白"孤独"的掌声。

起飞完美，但其实更难的是接下来的爬升阶段。航线起始高度要爬到1200米，当前状态下上升率是每秒0.5米。发动机超温、扭矩最大、螺旋桨转速最大。按手册说明，发动机能在超温状态下工作5分钟，如果我将操纵杆推重了，速度上去了，上升率就会掉；稍稍带一下操纵杆，上升率上去了，速度又掉了。我只能在这个临界点精细操作，保持飞机在最小光洁速度下的正上升率。

随着高度的上升，空气温度在降低，发动机的温度也在慢慢降低，油量减少，重量下降，飞机的性能在逐渐恢复。通过起飞前的计算，我们有可能在40分钟内爬到1200—1800米的高度，消耗掉250公斤燃油。

对我、梁红、小白和"超级白"来说，只有撑过了这40分钟，才算起飞成功。

度过了起飞和爬升的焦灼阶段，之前的所有心理负担和紧张感瞬间就降低了许多。我和梁红的驾驶状态和感觉都非常好，心态特别放松地开始对指令和流程操作。

驶出南美大陆，进入大西洋空域。飞机平稳前进，我很郑重地对梁红和小白说："如果一切顺利的话，这将是中国人驾驶中国制造的、在中国注册的飞机第一次成功飞越大西洋,我们将要创造历史。"

这话分量有点儿重,他们俩都没接我的话茬。

当时的高度是海拔5100米,舱外温度零下3摄氏度。飞机没有增压舱,我们陆续出现轻微缺氧反应,便开始轮流吸氧。这会儿让身体更难受的其实不是缺氧,而是前面太阳晒得人发烫,皮肤生疼,而低温又把人冻得浑身哆嗦。

"小白,报数据。"我吩咐。

"剩余油量2319公斤,当前功率下,每小时油耗275公斤,当前地速每小时240公里。"他汇报。

"保持当前状态,能飞到不归点并返航吗?"我说。

"可以。"他答,"没问题。"

"保持当前状态,可以到非洲吗?"我接着问。

小白回答:"到不了。"

"差多远?"我问。

他答:"差700公里左右。"

"明白。"我说,"梁红,你操作,我得再算一下,再想一想预案。"

我们已经度过了起飞阶段和持续爬升阶段,现在还在飞侧风阶段,这些都是增大油耗的环节。如果一直维持当前的飞行状态的话,就算把抵达后落地时下降阶段油耗减少的环节考虑在内，我们的油量也无法支撑飞到非洲。

"之前在地面计算的1200公里是不归点，如果到了不归点顺风还不来，咱们就返航，折返回去。"无奈之下，我只能下这个决定。因为如果过了不归点还没顺风，我们的油量既飞不到非洲，也无法支撑我们再回到南美洲。

老天爷送风来了

一边往前飞,一边等风来。

我找了个话头:"梁红,今天在机场跟大伙儿告别的时候,我都要流眼泪了。"

"唉,我脑袋里这会儿也正在过这一节呢。"梁红说,"回味到一块儿去了。"

"两口子嘛。"我说,"心有灵犀。"

她舔了舔干裂的嘴唇,说:"小白,给我拿瓶水。"

我接过后舱递来的水自己先喝了一口,然后对梁红说:"10个小时不能上厕所,你最好慎重喝水。"

"那你怎么能喝?"梁红笑问。

"我穿了纸尿裤啊。"我哈哈笑着,还是把水瓶拧开递给了她。

这是一条孤单的航线。同样是大西洋空域,南美洲到非洲的民航航班极少，远不像北美洲到西欧那一段那么繁忙。

我们寻找的顺风并没有如期而来。"上3000英尺，看能不能找到风。"这趟要想顺利，咱们得做一回"追风的人"。

"高度到了，改平飞。"我说。

风平云静。

还是没有，都是侧风，没啥帮助。这个超长航段，如果借不到顺风，我们根本就飞不过去。

"离不归点还有200公里。"小白提醒我。

我没有接他的话，而是喃喃地跟老天爷说："快来顺风吧，快来吧。"

虽然事前做了预案布置，定下了飞行简令，但是等真的快到不归点的时候，我的心里还是不想放弃，我想任性地赌一把——顺风肯定就在前方，但是我却不能自私地代表梁红和小白去赌。我在心里暗自下了决定，再继续坚持飞200公里，200公里内风不来就返航。

机舱里陷入了沉默，没有人再说话，都在期待，也在祈祷。

"空速每小时240公里，地速每小时330公里。"梁红依照仪表汇报，打破了长时间的沉默。

"不错，来喽，太好了，好家伙，这地速，每小时90公里的顺风。"我感慨着。三个人紧绷了半天的脸上，不约而同地

♀___ "好雨知时节",起飞前的小雨助力飞越大西洋

侣行 IV

云上
六万公里

沉醉加勒比

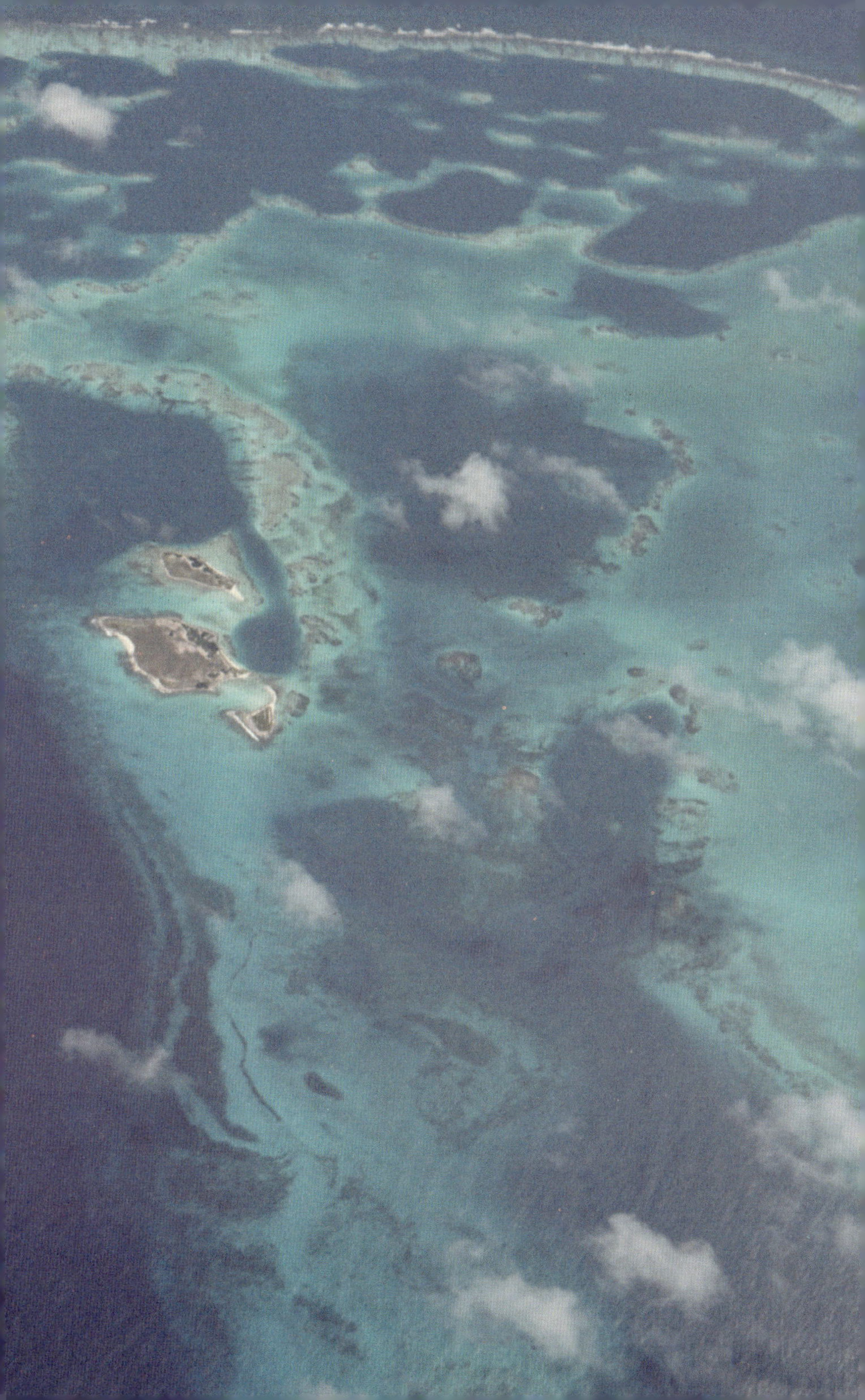

📍__ 出发，飞越大西洋

📍 从南美洲，跨越大西洋飞往非洲

📍__ 跨越大西洋，其他人下飞机

📍__ 从羽绒服到短袖,在空中经历四季更替

📍__ 大西洋上空,戴上氧气面罩

📍__ 飞越加勒比,来一根古巴雪茄

露出了笑容。

梁红说:"感谢老天爷,谢谢老天爷帮忙。"

我的手离开操纵杆,对着天空双手抱拳,说:"谢谢天公老爷子您嘞。"

"老天爷实在看不下去了,咱们在这边吭哧吭哧忙活半天,又算数又比画的。"梁红笑着说,"它终于出手了,说我送你们点儿风吧。"

这股顺风一来,机舱里的阴云一扫而光,心里没压力了,所有人都轻松一大截。

"咱们又要过赤道了,正经的第四次了。"我说着,摸出手机伸出机舱外,想来两张自拍。角度不行,外面风阻又大,拍得不好。于是我举起手机招呼梁红和小白把脸凑过来:"咱们拍一张在大西洋上过赤道的合影。"

"所有的环球飞行都在北半球完成,如果咱们这次能够完成的话,这将是人类史上第一次四次跨越赤道的环球飞行。"

接近5个小时的飞行航程,虽然顺风来了,心里轻松了,但是在曝晒和低温的双重夹击下,人的身体还是受不了,我开始想着法子给大伙儿逗乐解乏。

先学着宋世雄的播音腔来了一段广播:"中央电视台、中央电视台,各位观众大家好,我在中国的B-3804上为大家播报,本趟航班正在由巴西的福塔莱萨跨越大西洋,飞往佛得角的普拉亚的途中……"

梁红和小白被逗得哈哈大笑,我又开始了下一个相声模仿表演:"各位观众、老爷们,大家好!我是相声演员张昕宇,今儿个我给大家表演一段相声贯口报菜名。"我"喀喀"清了清嗓子便开始了,"蒸羊羔、蒸熊掌、蒸鹿尾儿、烧花鸭、烤雏鸡、烧子鹅、卤猪、卤鸭、酱鸡、腊肉、松花小肚儿、晾肉、香肠儿、什锦苏盘、熏鸡白肚儿、清蒸八宝猪、江米酿鸭子、罐儿野鸡……"

梁红笑得前仰后合一个劲儿地摆手:"不行……不行了,老张,你别逗我……逗我笑,本来就缺氧……这么……这么笑,更缺了。"

"老大,你把我说饿了都。"小白也是笑得不行。

"饿了吃呗,民以食为天,吃东西心情就好。"我说,"今儿个飞机上人少,有啥吃的咱们分了。"

"只有口香糖。"小白说,"为了减重,吃的都搬下去了。"

"这……"边上的梁红再次笑得喘不上气来。

今天"超级白"的状态也超级好,再没有发生任何的故障,功率、扭矩都特别给力。顺风风力最大的时候送到了每小时120公里,空速每小时240公里,地速每小时360公里。

梁红说:"老张,还记得我昨天跟你说的吗?我说我一点儿都不着急了,昨儿个处理完各种不顺,咱们今天就肯定一切顺利。我就怕起飞前一切顺利,到天上就可能不那么顺利了。"

"这叫能量守恒。"我答。

老天爷的这股顺风,不仅推了我们一把,也替我们省下来了一个多小时。连续飞了近十个小时之后,我们进入了非洲海域。

"还有57分钟转下降。"小白汇报。

又赶了一段时间的路,我开始操作下降高度。头顶上方的云山雾海结成各种各样的形状,下方落单的那些云像棉絮一样浮在深蓝色太平洋的水面上。

看见陆地了。飞了十个小时,其中九个小时在高空飞行。因为缺氧和寒冷,所有人其实特别疲乏,眼前可见的岛屿海岸线,又给了我一针兴奋剂,让人瞬间满血复活。

"能看见跑道了。"我说,"准备着陆。"

"速度每小时180公里,高度1200英尺。"梁红汇报,"不过现在气流大,小心点儿。"

"咱们燃油的重量都消耗了,这会儿飞机轻,没问题。"我说。前方一条赤黑色的跑道划破两旁褐黄的土地,趴在那里等着我们。

顺利着陆，缓缓滑行，平稳降落。

飞机停稳那一刻，我侧过身去，举起了右手掌，我们三人击掌欢庆。在刚起飞的时候他们不敢接的那句话，现在可以喊出来了：中国人第一次驾驶中国制造的飞机成功跨越大西洋，我们创造了历史！

第八章

CHAPTER 8

穿越非洲

沙漠风暴

消失的落地许可

"在非洲,一切皆有可能"

钻石的血与泪

天上的"幻觉"

非洲速递

沙漠风暴

"重装"出发,轻装落地。成功跨越大西洋,落地位于佛得角首都的普拉亚国际机场时,我们的全部行李,就只有一个小小的公文包,里面装着起飞和落地必需的航空文件。

"看咱们这寒酸样儿,哪像是刚干了飞越大西洋这么一件大事儿的人。"我笑着对梁红、小白说。在巴西起飞前,飞机上的东西就都被搬完了,这会儿满满的五箱油也消耗殆尽。

引擎关闭,襟翼收起,空速管加温断开,失速警告断开,滑行灯关闭,着陆灯关闭,左右地平仪关闭,右陀螺仪关闭……严格意义上来说,得做完落地检查下了飞机,我们这伙中国人,这架中国飞机,才算成功地完成了跨越大西洋的飞行。

"可惜咱飞机上没有音响。"我说,"你们俩脑海里这会儿有没有《义勇军进行曲》的旋律响起来?"

第八章
穿越非洲

"不至于。"梁红笑着说。

"走吧,下去吧。"我边开舱门边说,"下去跟非洲打个招呼。"

"等会儿。"梁红拿出手机说,"落地有信号了,先给北京和福塔莱萨的家人们报个平安。咱们活着过来了。"

我这才反应过来,我们相当于失联了十来个小时。除了留在巴西的五个小伙子,在北京的梁红的父母、亲戚,我妈妈,还有后方团队的烟斗、子儒、承刚、球球、小醒、茵子等人,这些"家人"在这十来个小时里也一定很煎熬。

我们在佛得角的首都普拉亚休整了一个星期,检查飞机、调整身体,然后等待巴西那边的小伙子带着行李、设备坐民航过来与我们会合。

在这儿,我们"机组"迎来了一位新成员:来自武汉的飞行员博雅。他是我们《侣行》节目的粉丝,通过自媒体得知我们在自驾环球飞行途中的时候,就通过社交平台留言,申请上飞机跟着我们飞一段航程。

没想到关注我们的人里真的有专业飞行员,我就应下了这事儿。于是他便坐民航飞机到佛得角跟我们碰头,接下来由他暂替小白,担任"超级白"的领航员。

等全员聚齐,我给每个人都来了个大大的拥抱:"我就说没有大结局吧,走着,咱们一起继续去下一集。"

我们离开佛得角群岛飞往非洲大陆,在几内亚比绍经停,然后直飞塞拉利昂首都弗里敦。

做完飞前检查,博雅突然说:"ATC没给离场许可。"

"什么情况?"我看了看天,说,"这风和日丽的,也不像是气象管制啊。"

他和塔台沟通了一番,汇报说:"说咱们在机场的费用还没缴清。"

我先是一愣,然后笑着说:"你们谁在机场偷偷买东西了,还是买服务了?"

负责出行财务的子冠怯怯地举起手,说:"报告老大,我查了一下,是我刚才去缴费的时候,记错了停机坪编号,缴错了飞机……"

"嘿,这都能缴错了?你咋没上错飞机?"我摆摆手说,"行了,去补缴吧,从你工资里扣啊。"

他一边苦笑一边尴尬地往飞机外挪。

"老大跟你开玩笑呢,快去吧。"梁红安慰他。

再次升空飞进大西洋空域,往东进入非洲大陆。待飞行状态稳定之后,我问身后已经在吸氧的博雅:"这才4000米,就上氧气面罩了?飞行体验怎么样?"

"太糟糕了。"他尴尬地笑着说,"没有增压舱,没有空调系统,而且噪声还这么大。我们平时飞波音,在那种舒适的舱内条件下飞七八个小时都觉得特别累。你们在这种舱内环境下飞了这么远、这么久，还已经飞行了大半个地球的距离，怎么做到的？"

我傲娇地哈哈一笑，说："因为我们是侣行团队啊，我们不就是一直在做人所不能的吗？"

接下来，"超级白"把大西洋甩在身后，进入塞拉利昂空域。塞拉利昂从天上看下去是一片黄色。这种黄，是不同于墨西哥的那种苍凉的明黄色，而是一片混沌的昏黄。

我用眼睛的余光突然瞥见机舱的左下方有一大团黄色的东西在地面搅动。定睛看过去，是雨夹着沙尘暴在沙漠上移动。被飓风卷起来的沙尘扬起来有几百米长，组成了一道特别壮观的移动沙墙。

"又震撼，又可怕。"梁红说，"幸亏咱们没撞进去。"

"咱们的飞机还算大，飞行高度也没问题。"我说，"如果是阿拉斯加的那种小飞机，撞进去了，就被搅碎了，甭想冲出来了。"

消失的落地许可

两个月的时间里,我们飞越了一年四季。但在飞机上,我们一直在过冬天。

从亚洲和北极圈的冬天,飞到了北美洲的春天,然后又飞到了中美洲和南美洲的夏天与秋天,现在到了没有四季的酷热非洲。在地面,我们一路感受了春夏秋冬,四季冷暖;在天上,哪怕是在非洲,还是只有很冷和更冷。

飞机调整航向往南走,我不禁开始吐槽:"在地上热得像孙子,在天上冻成了王八蛋。"

飞机进入几内亚比绍的领空之后,脚下的大陆不再只是一片昏黄,而是点缀进了一簇一簇的绿意。

我们成功降落在了几内亚比绍的首都比绍,经停加油之后,又重新回到天上,从大西洋空域继续向南往塞拉利昂飞。

第八章
穿越非洲

飞了约莫40分钟,博雅报告说:"老大,咱们可能得返航。我这儿刚才收到几内亚比绍空管的通知,说咱们B-3804没有在塞拉利昂的落地许可。"

"什么情况?不可能。"我说,"早上从佛得角出发前,我们就收到了航线代理公司发来的弗里敦落地许可。而且如果我们没有落地许可,几内亚比绍机场怎么可能放行让我们起飞?"

我让博雅跟比绍空管沟通,让他们再确认一下,我们这边机组确认自己收到了落地许可。

在航行规则里,首先要获得所有将要通过航路的航空管制批准,然后要拿到将要降落的机场和备降机场的落地许可,满足了这些条件,起飞机场才会给我们放行。在跨国飞行中,如果没有航权,我们的飞机会直接被军方打下来。

从程序上、从逻辑上讲,都不可能发生现在这种情况。

"没许可刚才放我们离场,现在又让我们回去?"我气不打一处来,"真是啥事儿都能让咱们碰见。"

梁红苦笑,说:"这里是非洲,一切皆有可能。"

博雅那边收到了几内亚比绍空管的回复,对方确认我们没有落地许可。

"这样,你让他们联系弗里敦地面,麻烦他们与那边再沟通确认一下。"我交代道。

"让我们在原地stand by（待命），他们去查。"博雅说。

飞机在天上盘旋等待。我们很快收到回复：他们再次确认，我们没有落地许可，要求立即返航。

我在脑子里捋了一下。首先，我们确定自己是有落地许可的。其次，几内亚比绍放我们起飞，说明当时他们是能够查到我们的落地许可的。现在我们飞到半空中，说没有落地许可。那么，问题只可能出现在塞拉利昂民航局这里，飞在半道上他们把我们的落地许可撤销了。

"通知几内亚比绍空管，我们申请和弗里敦地面塔台对话。"我对博雅说。

调到弗里敦地面塔台的频率，我们和对方沟通后证实，此时我们没有落地许可。然后对方还对我们进行了一通盘问："你们是哪里的飞机？你们从哪儿起飞的？你们为什么要来塞拉利昂？你们要去哪里？"

"我们是注册在中国的飞机B-3804，今天上午从佛得角普拉亚起飞，经停几内亚比绍后，要降落在弗里敦机场。我们正在环球飞行的途中，弗里敦是其中的一站。"我让博雅耐心地和对方沟通。

"报告你们现在所在的位置。"

"我们已经在塞拉利昂的上空了。"我让博雅给对方详细

第八章
穿越非洲

坐标。

"你们的油量够不够?"

"说咱们已经原地盘旋很长时间了,燃油不多,油量很紧张。"我让博雅转述。

最终,对方让我们继续在原地盘旋等待。

得知此时我们莫名其妙地失去了航权和落地许可之后,我直接向右转向,飞去公海,避免被塞拉利昂军方击落。

这事儿有点儿神奇,看来非洲比魔幻的拉丁美洲还要荒诞。我让梁红注意观察周边有没有飞机,然后让博雅用无线电监听一下我们所处的航路上,在9000英尺高度层有没有其他飞机经过,我们要注意避让。

我们差不多在海上盘旋了45分钟,问题依然没能得到解决。不能再等了,再这么耗下去,我们的燃油就烧光了,返航也好,找备降机场也好,要尽早确定方案,别到时候油不够,哪儿都飞不过去。

"宣布紧急情况,报PAN-PAN,PAN-PAN,PAN-PAN。①"我下令给博雅说,"告诉他们,我们的飞机现在油量低,无返航能力,申请在塞拉利昂弗里敦紧急降落的许可。"

---

① PAN-PAN在航空领域表示紧急情况的求救信号,一般为三次连续呼叫。

终于，地面塔台给了我们一条航路："高度降到4000英尺，批准弗里敦机场30号跑道盲降。"

"B-3804收到，谢谢。"

"费了老鼻子劲儿了。"终于得到了确定的答复，我们开始左转进入塞拉利昂领空，下高度调整航路，准备前往降落。

"没声音了。"博雅连续几次呼叫，得不到任何回复。

"弗里敦塔台，这里是B-3804，能听见吗？收到请回答。"在接下来的15分钟飞行时间里，我、梁红、博雅三个人平均每分钟一次轮流呼叫，都没有得到回应。

"这他妈——"我急得差点儿要爆粗口了。塔台联系不上，没办法，我们就按照对方最后给的航路和跑道，遵循规范进场程序，按仪表飞行进场。

到了弗里敦城市上空，依然没有塔台频率。在落地前5分钟的时候，在弗里敦机场进近，电台里终于有声音了，给了我们一个塔台频率，听指令落地。

飞机接地的那一刻，紧张了半天的情绪才终于得到缓解，我笑着看向梁红："果然，这里是非洲，一切皆有可能。"

第八章
穿越非洲

"在非洲,一切皆有可能"

跑道的尽头,警车、消防车和一大帮人等在那里,还有军方的人拿着枪正指着我们的飞机。

我们高兴得早了一点儿。刚刚机场降落方才放松下来的心情,一下子就掉头接了个反向超级加倍的压力。

"这又是什么情况,这么大阵仗?"后舱的人见前面这状况,都有点儿蒙了。这时候无线电台里有人说话,通知我们减速并停好飞机,机上所有人员举起双手逐个下来,然后面向飞机站好,接受检查。

"这是要查咱们还是要绑咱们?"王恒问。

我已然不知道该如何去理解这件荒唐的事情。无论如何,先让博雅把电台里的要求转述给大家。

"我们在天上的时候,呼叫了PAN、PAN、PAN,这些机构出面,应该是正常程序,我们支付费用就没事儿了。" 我只能强行镇定地交代大伙儿:"身处异国他乡,咱们不能硬碰硬,按照他们的要求来,把手举好让他们看见,不要反抗,不要有激烈的肢体动作,表情尽量友善。"

飞机停住,关掉引擎,这次没法儿做落地检查了,那群等着我们的人已经围了过来。

他们不由分说地把我们控制住,然后开始上人检查飞机。我当时是真心疼,他们恨不得把"超级白"拆了,对每个角落都进行了翻找检查,然后开始检查我们的行李。到最后,他们没找到任何违禁品,才开始查我们的人。

我们被带进一个铁笼子焊的拘留室,门一关,锁上了。然后他们开始挨个儿地审问我们。到了此时此刻,我们所有人还是莫名其妙的状态,完全不知道到底发生了什么。

作为机长,我被叫出去单独审问。问的还是在天上的时候问的那几个问题:你们从哪里来?你们是干什么的?你们为什么来塞拉利昂?

一遍又一遍地问,问完了就将我们送回笼子里,让我们待着。始终没人告诉我们是什么原因,以及接下来怎么处理。说实话,这一番折腾把我整得很崩溃,我算是在很多国家见过些世面的人了,但是始终没弄明白这是闹的哪一出。

其他人除了蒙,这会儿更多的是不安和害怕,开始胡思乱想。

第八章
穿越非洲

我只能尝试去安慰大伙儿:"我们的飞行器和我们的飞行程序都是合法的,不用担心。"

这事儿前前后后都是糊里糊涂的。唯一让人稍感安慰的,就是他们没有强行收我们的手机,也没给我们上手铐、脚镣等刑具。

稍微缓过神冷静下来,我才想起来给航空代理公司在弗里敦的地面代理打电话。一开始没人接,后来对方干脆就关机了。

"明白了,应该是地面代理失职,在我们起飞后,他没有提交我们确认起飞的文件。现在出事儿了,他溜号了。"我说,"2012年在索马里的时候,咱们就被向导坑过一次。"

可是我们明白没用,那些查我们的机构和人还没弄明白。

接下来的几天里,我们被当地的各个部门一茬一茬地轮番审问。有国防部、国土安全部、军方、交通部、当地警察局、机场安全部门,还有叫不出名字的单位,共九个部门。

中间还经历了一次转场审问,我们被带到了CID(犯罪调查中心),我们每个人都差不多做了长达八页的笔录。

这种莫名其妙的状况折腾了我们整整一个星期。最后终于有人来下通知:调查清楚了,你们可以走了,但是你们要缴罚款。

调查的结果和原因？无可奉告。罚款多少钱？3亿。

"三个亿？"我脑袋一下子就炸了，赶紧用手机查了一下当时的美元跟塞拉利昂当地货币利昂的汇率。3亿利昂，是4万多美金。

现在的情况是我们已经被确认不是犯罪分子了，也没有携带任何走私的违禁物品，所以对话环境宽松了不少。于是我开始跟对方"杀价"，我先是表明我们没那么多钱，3亿太多了，请一定便宜点儿。然后开始大谈两国人民的友谊，"咱们是friends（朋友），咱们是brothers（兄弟）"，云云。

不知道他是真的被民族友谊感动了，还是觉得跟我们沟通得太费劲儿，最后说看我们人还不错，支付一半，罚1.5亿就行，但是，要给他5000万的好处费……

"嘿！"把我整得有些无语，我说，"那这5000万能给写个收据吗？"

"当然没有。"他一本正经地说，"那被罚的1.5亿也没有。"说罢，他还抬手摸了摸腰间的枪。

虽然这些年我们在世界各地遇到过很多这种情况，但是像这次这么直白要钱的，还真不多见。想想后面还要落地的尼日利亚，我的心里不禁一颤。

虽然我是真金白银地被罚了，但是现在想起当时那滑稽的场面，我还是觉得很可笑。

被放出来后,博雅也结束了他的"超级白"体验之旅。此次体验还给他附赠了一个7天的"塞拉利昂拘留盘查套餐"。他最终选择坐民航回国。临行前我问他:"什么感觉?"

"终生难忘。"他笑着说,"体验到了侣行团队出行的极难模式和不羁的风格。"

钻石的血与泪

从飞到塞拉利昂的领空开始,我们感受到的全是憋屈。不承想在离开的时候,却又遇到了最大的感动。

很久以前我看过一部"小李子"(影视演员莱昂纳多·迪卡普里奥)主演的电影《血钻》,该影片讲的就是发生在塞拉利昂的故事。可以说,塞拉利昂是世界上最富有的国家,又是最贫穷的国家。

说它富有,是因为这里有着上千万克拉的钻石原矿储量;说它贫穷,是因为钻石引发了长达上百年的殖民者资源掠夺和独立后长达十多年的内战,让这个国家变得千疮百孔。

被关了7天,接受了无数次审查之后,我们终于可以自由地在弗里敦活动。走上街头,虽然内战已经结束了十余年,这里依然是一片破败,几乎没有什么市政设施,偶尔几条完好的马路,还是殖民时期修建的。卫生状况令人担忧,流浪儿童和残疾人随处可见。

这还是首都弗里敦的现状，该国其他地方的生存环境可想而知。我们请了一个向导，让他带我们去往钻石矿区科诺看看。我们想去看一下塞拉利昂的钻石开采流程和采矿人的日常生活。

曾经，它们是引发战争的"血钻"，如今战争已经结束，但钻石依然没有为这里普通人的生活带来任何改变。

矿区里的工人用铁锹挖掘矿砂，然后搬运工将其装进袋子放在头上顶着，送到水边。剩下的便是淘钻工人们顶着烈日，在水坑边一遍又一遍筛洗矿砂。

这些矿砂能淘到钻石的概率很小，就算真的淘到了，工人们也所得甚微，完全不足以填饱一家人的肚子。在其他大陆被卖上天价、象征永恒的钻石，在淘钻人这里甚至换不来几片面包。

回到弗里敦，向导说想带我们去看一支"特别的足球队"。因为多年内战，这支队伍里队员的身体都遭受到了创伤，守门员没有手，而其他球员，都只有一条腿。球队的名字，叫"飞翔之心"。

对足球共同的热爱和对生活的不屈，让他们走到了一起，成立了这支足球队。在艰难谋生、行动不便的情况下，他们依然会饿着肚子聚在一起，享受那在沙滩上追逐足球的时光。

在海边见到他们，向导向他们介绍我们是来自中国的朋友。他们便在领队的带领下，热情地唱着歌欢迎我们，"Chinese Chinese welcome""China China good good good""China ole ole ole……"。

现场的每一个人，都在极尽所能地对我们这群中国来客表达出自己的热情。来了塞拉利昂这么多天，一直很压抑的情绪，瞬间就被他们的热情融化了。

听说这支球队里只有一个女孩，因为战争她失去了整条左腿。我们想去她家里看一看，在到达之前，我们先入为主地以为，她一定是个假小子或者"女汉子"的形象。结果出现在我们面前的，是一个拄着双拐、穿着花裙子，把自己收拾得干净利落的女孩。她对我们自我介绍，她名叫苏珊·德米斯，今年21岁，在加里曼丹出生，因为内战致残。现在靠给别人做头发、编辫子为生。

在梁红和她交谈的过程中，她一直都很腼腆，甚至提起让她失去一条腿的内战，表情也是波澜不惊。直到提起足球，她脸上的笑容一下子多了起来，眼睛里也泛起了光。她说："足球对我有着特别的意义，自从小时候变成了残疾人之后，我就一直很自卑。但是在踢球的时候，我就不那么自卑了。足球让我交了很多新朋友，让我变得更加乐观、积极，

第八章
穿越非洲

跟大家一起在海边奔跑、竞争的时候,我会感觉到高兴、快乐。"

"穿上球衣踢球的时候,是我觉得自己最美的时候。"

我们来到了苏珊的家里,她家房子很小,只有五六平方米,但是被她收拾得很干净、整洁。房间里有一台电视,贴上了很多可爱的贴纸;桌上、床头,都布置了她用捡来的废品或者旧衣服做成的好看的装饰品。

对比外面脏乱、破败的景象,这个独腿女孩努力地把自己的那方小天地收拾成了一个温馨的家。

接下来,我们去了球队里的"明星球员"阿玛杜·卡马拉的家里。得知我们要来,他换上了自己最干净的一件衣服和家里最贵的物品——一只运动鞋,拄着拐走了很远的街区来迎接我们。他住的地方更像是一片贫民窟,车进不去,他不带路的话,我们根本找不到。

小伙子扎着脏辫,一直咧着豁了一颗牙的嘴在笑。他今年23岁,很小就喜欢踢球,哪怕在7岁那年被反政府武装分子开枪打断了一条腿导致截肢,他也没有放弃踢足球。

终于到了他的家里,严格来说,那不能称为家。这是一间不到十平方米的房子,里面唯一的家具是一张床。而这个房间不止他一个人住,而是五个人合租,这意味着晚上想睡觉都得轮流着来。

卡马拉靠做一些小生意为生，他每个星期的收入换算成人民币大概20块钱，而这些钱在当地，只够买七八瓶矿泉水。他说自己一天只能吃一顿饭，而那顿饭就是木薯叶子加棕榈油熬成的糊糊。

说起生活的窘迫，卡马拉的脸上仍一直挂着微笑。他拿出自己最自豪的东西给我们看，那是他参加2016年度在意大利某个地区举办的残疾人足球赛荣获最佳射手的奖杯。卡马拉拿过在很多地区参加比赛的集体和个人荣誉，13岁的时候他拿到了弗里敦少年残疾人比赛的冠军，16岁的时候他在利比里亚拿到了青年残疾人比赛的冠军，后来在土耳其、巴西、意大利等地，他都获得过冠军和一些个人荣誉。

虽然这些荣誉没法儿改变他的生活，但是卡马拉说："踢足球是我的梦想，也是我的全部，在踢球的时候我才能感觉自己还活着，找到自己存在的意义，在那个时候我会感觉自己就是超级明星。"

如果没有该死的战争，他现在可能已经是非洲足球的希望之星了，可能已经在欧洲职业联赛中崭露头角了。但是现在，他每天都在为一顿饭发愁。

我问他，如果他有钱了，最想干什么。卡马拉咧嘴一笑说："我想一天吃十顿饭。"

他依然在笑着，听到这个回答我却心里发酸。

第八章
穿越非洲

　　傍晚海边的沙滩上，"飞翔之心"的队员们开始了比赛。每个人都拄着双拐，追逐着一个彩色的足球。他们用一只脚奔跑着、对抗着，带球前进，传切配合，射门得分，欢笑庆祝……

　　那个画面长久地印在我的脑海里。夕阳西下，海潮汹涌，拄着拐杖的年轻人在沙滩上洒着汗水，带着笑容，肆意奔跑。

　　在那一刻，他们的眼里、心里只有足球。战争的阴影、身体的伤残、生活的艰辛、难忍的饥饿，都消散在那片刻的欢乐里了吧。

天上的"幻觉"

经历了在塞拉利昂落地被地面代理"卖掉"的事儿,我们更换了航线代理公司。

没想到新公司给的第一段航线,就出了意外。

离开弗里敦,我们的下一站是利比里亚首都蒙罗维亚,结果在起飞前我们收到那边的消息,蒙罗维亚机场的跑道正在维修,不建议我们前往。神奇的非洲又闹了个幺蛾子,我就决定跳过利比里亚这一站,从塞拉利昂直飞加纳首都阿克拉。

出发前,我特意反复确认拿到了加纳那边的落地许可。我开玩笑说:"再也不想在海上盘旋了,也不想再一落地就被人用枪指着了。"

飞机的起飞和爬升都很顺利,飞行高度稳定之后飞机还是出了点儿小故障,也是"老故障",左侧油泵罢工,还有点儿渗油。油泵出故障了,我们可以启用备用油泵或者用交输阀供油,油箱漏油这个问题在天上真没法儿马上解决。

"监控一下油耗,看漏得厉不厉害。"我说,"如果只是像上次在美国那样的漏油状况,顶部漏油,咱们就等落地了再处理。如果是油箱底部漏了,流量还很大,咱们就返航。"

我们监控着该情况飞了一段航程之后,发现漏得不是很厉害,漏油每小时不超过20升,顶部一会儿就不漏了。我们便按原定路线继续赶路。前半程空域没什么状况,在太阳直射下,人特别犯困,甚至有点儿出现幻觉。我招呼梁红接手飞机,我睡一小会儿。

"梁红,我刚做了个梦。"我说。

"你可真行,睡5分钟也能做场梦。"梁红笑道。

"噩梦。"我说,"我梦见咱们从塞拉利昂起飞的时候,又被人堵了,还跟我要了1500美金。"

梁红一愣,说:"你真出幻觉了啊?那不是梦,咱们今天出来的时候,在机场就是被人收了1500美金。"

我双手捏了捏自己的脸,说:"没印象,是真的?"

小白和梁红哈哈大笑,梁红说:"你可能是真的太累了,要不你再睡会儿吧。"

"才睡5分钟就损失了1500美金。"我说,"哪还敢睡。"

很快,天就阴了下来,梁红突然说:"是我也出现幻觉了吗？刚才我好像看见前面有一道闪电。"

我低头去看气象雷达，上面没有显示前方有系统性天气。我对梁红说："你注意监测雷达，可能会有滞后，落曼塔的时候已经发生过一次了。"

果然，不一会儿雷达上熟悉的猩红冒了出来。

"咱们运气好。"我跟梁红说，"咱们今天是白天飞，发现得早，要是再钻进积雨云，我可没信心能活着冲出来。"

"小白，你注意跟空管联系。"我指挥道，"咱们遇到了系统性天气，可能随时需要更改航线，避开一些云团。"

我和梁红开始专注地操控飞机，躲避陆续出现的大片云层。在白天飞行目视效果好，还有雷达的帮助，让我们反应的距离也足够，这次没有再被迫撞进积雨云。只是在这个过程中，我们飞机的航向、高度一直在变，绕来绕去。

本来是飞直线的航路，被我们活生生飞出了心电图模样。另外一个要命的影响就是，多次绕路让飞机上的燃油储量不算富裕。

幸好最后一程没有啥状况，我们顺利到达阿克拉上空，准备降落。我熟练地操控着飞机减速、降高度，准备着陆，突然发现我们前方的跑道正有驾飞机在缓缓滑行。

"小白，什么情况？"我惊问，"机场跑道还能塞车？"

"转跑道,转3号跑道。"小白说完敲了敲耳机。可能是刚才他汇报的时候通信短路,我没有听到。

我适时地变换跑道降落,还借机教育了小白一通:"你这就是被温水煮的青蛙,觉得咱们跑多了就自行简化程序,下次我这边没回复抄收,你那边就要再次确认信息是否传达。"

非洲速递

这一趟漏了100公斤燃油!

落地加纳首都阿克拉之后,我们第一时间处理漏油故障,油泵和输油管接口处渗漏。对比之前的百公里平均油耗量,我们这一趟漏了差不多100公斤油。连夜把漏油故障处理了,虽然没出什么大事儿,但是看到这个数字还是挺吓人的,幸亏这一趟带的燃料足够。

在阿克拉停了一晚上,第二天转场去尼日利亚的首都阿布贾。这一程天气还不错,"超级白"终于安分了一程,没出毛病。反倒是我自己感觉不太对劲儿,一直昏昏欲睡。梁红说我这是太累了,疲劳驾驶,还有点儿缺氧反应。

我吸了一会儿氧有所缓解,稍稍醒了醒神。

本来计划要在尼日利亚落地休整的,因为许多年前有过在尼日利亚被勒索的经历,再加上刚刚在塞拉利昂出的那事儿,我担心夜长梦多,就决定只在这儿经停加油,不过夜了。

在阿布贾顺利落地。飞机加完油后,梁红下去结账顺便上厕所。在一片放松之后,我突然发现跑道尽头有闪着警灯的警车,并且拿着扩音喇叭在问我们:"飞机上为什么有摄像头?"

还是摊上事儿了。我知道我们不能再让人截住,搞不好就又是个"7天套餐",连忙让小白跟机场要ETC放行。

同时我开启左侧发动机,双油门推到80%功率。在机场允许的情况下,我们开始试机,警车就不敢靠近了,只是一个劲儿地大声喊着:"Stop! Stop engine!"

这些人显然不是机场的工作人员,大概率是安全检查部门的。我在通信系统里把这个状况向机场汇报了,对方果然说他们没有安排工作人员在跑道上,可以继续操作。

这下我就有底了,除了机场指令,谁的话都不用听。

下去缴费的梁红这时从通道出来,一看这呼啸的飞机和警车遥遥对峙的形势,愣了一下,然后和我对视了一眼,很快就反应了过来。我瞬时收了飞机左侧的螺旋桨,梁红立马拔腿朝飞机冲了过来。等她一上飞机,我又迅速地把螺旋桨推了上去。梁红还没回到驾驶位上,飞机就已经又开始滑行了。

"小白,申请滑行,进跑道。"我说。

避免眼神接触。我迅速把飞机转到右侧跑道。地面的人开始疯了似的打电话,并且开着警车追我们的飞机。这场景跟拍好莱坞大片似的。

我们根据塔台指令,顺利起飞、攀升,把那滑稽的一幕留在了地面。躲过了尼日利亚这一劫,我们联程飞乍得首都恩贾梅纳。

第二段航程我的状态好了许多,不怎么犯困了。中途我渴得厉害,却不敢喝水。我出发前没上厕所,这一路只能强行憋着。转念一想,幸亏没在尼日利亚上厕所,指不定这泡尿得多少钱呢。

天气不闹脾气,飞机也听话,大伙儿的心情就都很不错,前舱、后舱开始互相扯闲篇,打发这一路的时间。

苍茫非洲大陆的日落,不像在南美洲时见到的那么唯美,但是给人一种雄浑、壮阔的感觉。

在天色完全黑下来之前,经过了一座活火山。我似乎已经完全形成了飞行员思维,看到火山后,我的脑海里首先想到的居然是火山的独特气候系统,那是无数小飞机飞行员的噩梦禁区。紧接着,2012年带梁红去瓦努阿图的马鲁姆火山发生直升机坠机的事儿,也蹦了出来,浮现在眼前。

经过两个多小时的夜航,小白提醒我可以降高度了,准备降落。我伸头看下去,问:"哪儿呢?我怎么没见着城市的

侣行 IV

云上

六万公里

📍 非洲的颜色

📍__ 俯瞰非洲

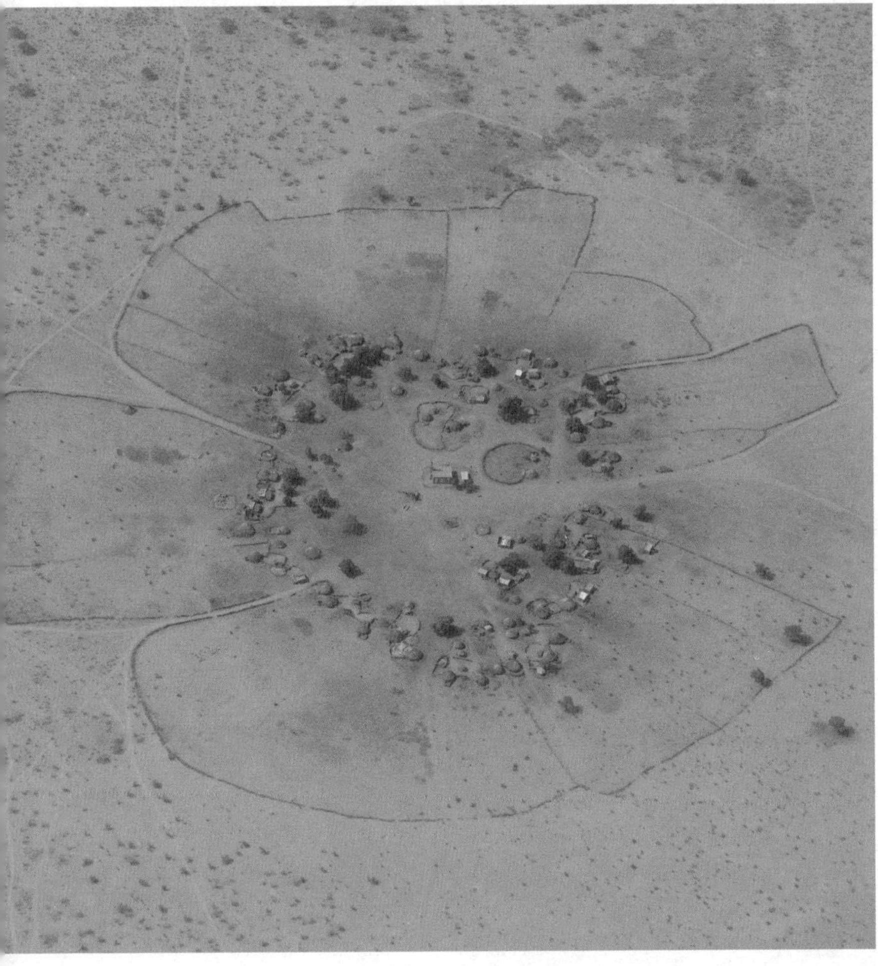

俯瞰非洲

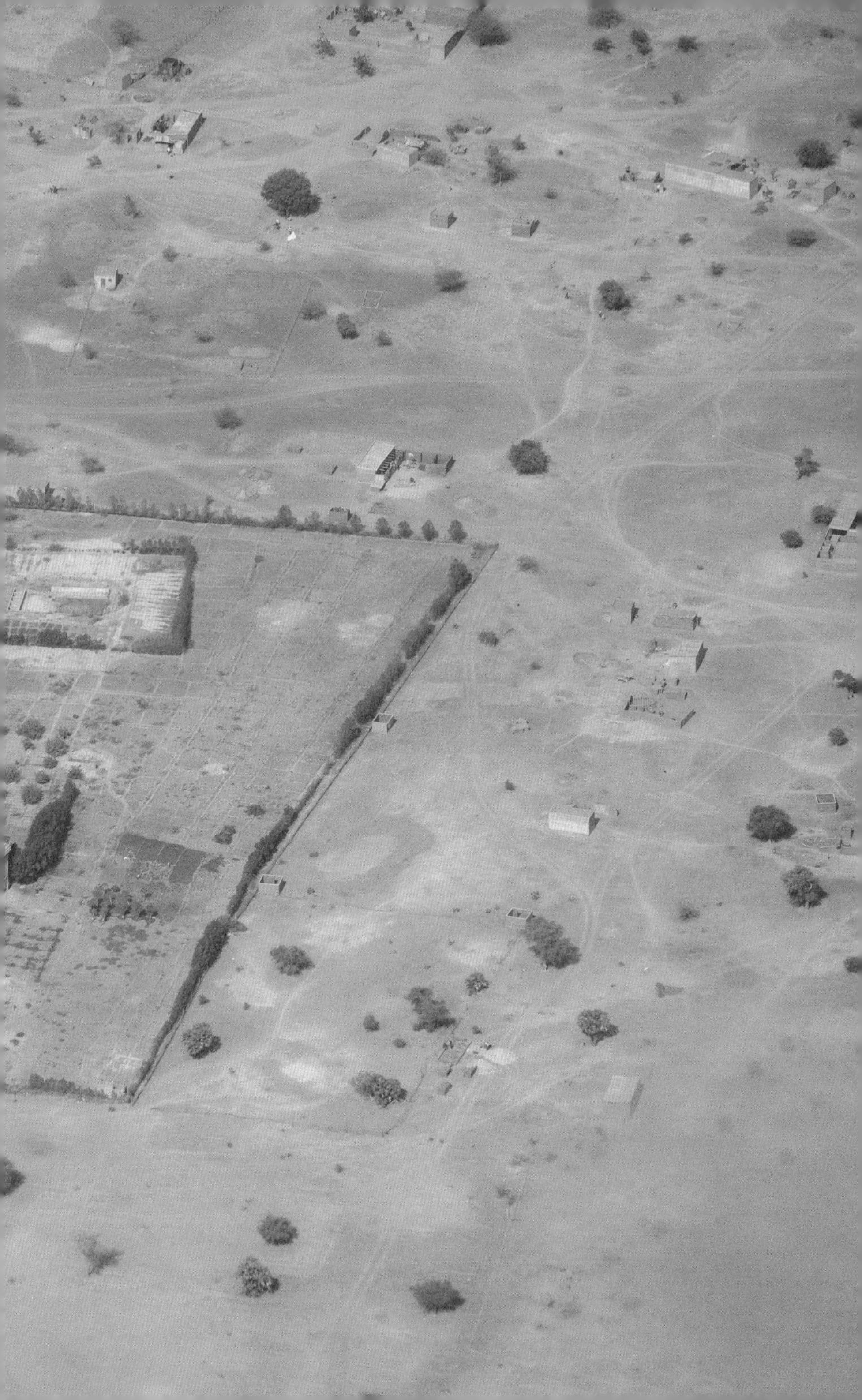

📍 塞拉利昂的淘钻人

📍 梁红与塞拉利昂的淘钻人

◉__ 拥有"飞翔之心"的独腿足球队

第八章
穿越非洲

灯光。"

"还有40公里。"小白答。

在美国阿拉斯加州上空，离安克雷奇还有100多公里便能看见夜幕下的万家灯火。此时，我们已经到了乍得首都恩贾梅纳跟前，却什么也看不见。人类都生活在同一个地球上，但完全不在同一个世界。

在乍得依然只停留了一夜。第二天一大早，便准备直飞苏丹西部城市法希尔。

在夜幕下的恩贾梅纳看不见灯光，这里的清晨却"火辣无比"，早上7点多，温度就达到了42摄氏度。

顺利起飞之后，我说："'超级白'这两天要遭罪了，后面几站一站比一站热，我真怕它到时候飞起不来。"

这一段几乎全程都飞在沙漠的上空，底下一片炽热昏黄。虽然我们在天上温度很低，但是看着下方那感觉晒得要渗出油来的大地，身上莫名生出一股炙烫感。

这个打了半个多世纪内战的国家，不禁让我们对落地之后的安全局势有点儿担心。

落地法希尔，机场很破败，跟我们当年在摩加迪沙机场看到的光景差不多，两层的航站楼，残破的围墙上扎着铁丝网。落地之后，我本来想联系飞龙的机械师，请教维修扭矩表的事，结果发现这里根本不支持用手机流量。

我们也不敢出去逛，离开机场就直奔旅馆。第二天一大早回到机场，准备境内转场苏丹首都喀土穆。

在飞前检查的时候，我们发现机场里停着几驾机身上印着"UN"的联合国维和部队的飞机，看来这里的局势确实不容乐观。

顶着高温酷暑起飞，上了高度之后温度骤降，这种快速的温差变化，让人身体有点儿吃不消。我有点儿感冒症状，但是却不能吃药；感冒药会让人嗜睡，也会影响飞行员药检。

飞过白尼罗河之后，离喀土穆就不远了。降落的时候我特别担心"超级白"落下去就再也飞不起来了。这座城市被称为"世界火炉"，在当下的4月份，温度都在40摄氏度到50摄氏度之间，地表温度甚至能达到70摄氏度。

喀土穆有点儿像我们中国同样有着"火炉"之称的武汉，青尼罗河、白尼罗河把城市分成"三镇"，然后在这里汇聚到尼罗河里，穿过撒哈拉沙漠东段和埃及，奔向地中海。

首都喀土穆是苏丹境内安全局势相对稳定的区域，我们将在这里度过在非洲的最后一天。

第九章

CHAPTER
9

回到亚洲

这么远,这么近

错过的月亮

最后,最后的最后

给副驾的情书

"我们到中国了!"

"欢迎回家!"

"超级白"的归宿

这么远，这么近

忌惮喀土穆"世界火炉"的威名，我一夜都没睡踏实。

跟太阳比谁起得早，担心"超级白"发动机在高温之下趴窝，我们必须赶在地面温度上来之前完成离场和爬升。

越怕什么越来什么，做飞前检查的时候，发现应答机出故障了。这可是大事件，应答机瘫了的话，在天上我们没法儿回复指令，空管和塔台大概率会把我们当"失踪"处理了。

这东西在非洲没法儿找，只能联系国内去采购，然后人肉快递过来。我们被迫滞留喀土穆。如果停在别的地儿，我们还能像在加勒比地区一样，出去转转就当团建、度假了。而滞留在这座大火炉里，我们的原则就是非必要不出门。

眼巴巴地看着大太阳等了五天，国内的应答机终于送达。安装替换上后，终于可以走了。我们迫不及待地处理好各种离场手续，继续启程。

第九章
回到亚洲

清晨的温度还没升上来,"超级白"很给力没趴窝,顺利起飞。今天我们将在飞过尼罗河和东撒哈拉沙漠之后告别非洲,再跨越红海回到亚洲。

"这一段路会很神奇,"我对大伙儿说,"咱们会看到非常奇特的地貌组合。现在咱们在苏丹大草原上,一会儿就到撒哈拉沙漠,然后还能看到红海。"

尼罗河两岸的草原泛着绿意,向我们表达着非洲不只有黝黑和枯黄两种色彩;再往前走,便是东撒哈拉沙漠,天蓝地黄,寸草不生。这抹黄一直陪伴着我们飞到红海上空,才被湛蓝色所替代。

狭长的红海像道宽广的大门一样,越过了它,我们便从非洲进到了亚洲,然后飞入"幸福沙漠"沙特阿拉伯。

在这里,眼底的颜色不再单调,虽然沙漠黄还是主色调,但是被田园的绿色、水泊的碧光所点缀,条件反射浮现出白袍、红巾。

经停吉达,然后联程转场落地沙特首都利雅得机场。在途经迪拜和回到中国之前,这里将会是让"超级白"最长见识的大机场了。这里有超长的跑道、室内停机坪、金碧辉煌的机场大楼、琳琅满目的各式飞机。

在利雅得,我们的出行规格瞬间也提升了。住宿的旅店从沿途的小旅馆、公寓变成了豪华酒店,世界各地的美食在这儿也都能被找到。

下一程，又是刷新"超级白"认知的一天，我们将飞往阿联酋的迪拜，落地阿勒马克图姆机场。

从利雅得飞往迪拜的这段航程，我们第二次在飞机上见到了壮观的沙尘暴。在我的记忆里，小时候的北京时常有沙尘暴来袭，那会儿人在地面，身在其中，只能感觉到它的混乱、模糊和脏。换成从天上的视角再看沙尘暴，这种自然灾害看上去竟然给人一种甚是壮观的感觉。它发生在沙漠中，更是力量感十足。

除此之外，我们还在沙漠上空看到了浓浓的一层霾。它没有云那么白，没有雾那么淡，就像是一大摊污渍洒在了天空上。

奢华迪拜已经近在眼前，波光粼粼的波斯湾在太阳的照射下闪烁着白光。很快，哈利法塔、帆船酒店等地标建筑都出现在视线里，我们甚至直接掠过了棕榈岛上空。

进近航线从棕榈岛上空掠过时，我当时特别开心，故意推杆，增加飞机的俯角，让所有人都能通过驾驶舱看到棕榈岛全景。

"跑道5公里，地面无风，温度40摄氏度……"

这么长的跑道，这么好的气象，我们可以无压力随便落。

第九章
回到亚洲

"超级白"跟着一架卡塔尔王室的湾流G650进场，它以25节的速度在滑行。这个机场极大，在天上不热，落地后机舱内的温度一下子就升上来了，我就特别想超过这架大湾流G650，可是一靠近就被它的气流吹得全机抖动……罢了。

之前在地面做准备的时候，我对阿勒马克图姆机场只有一点儿担心，那就是它太大了，要滑行很远才能到达我们的停机位。落地之后才发现，这个机场比我们想象的还要大上很多，滑行了整整40分钟才到达停机位。

我们的航线都是以公务机航线报批的，所以机场地面接待也是按照公务机规格接待的。我们在地面停好飞机之后，直接来了辆劳斯莱斯接待，还在机门到车门处铺上了红地毯……

我们下了飞机，先扔在红地毯上的是飞机上的垃圾、盖布等。等候的劳斯莱斯一见这情况，就悄悄地开走了，接着来了两台皮卡。

每一个公务机位，都有一个专门的服务经理，小姑娘就在大太阳底下毕恭毕敬地等着我们处理地面检查，都快晒得冒烟儿了。

进了公务休息室，我们跟刘姥姥进大观园似的，目瞪口呆。太奢侈了，巴黎水、椰枣、点心……全部免费吃、免费喝，到最后我们都有点儿不好意思了，寻思着好歹去免税店买点儿东西消费一下。

停留两天之后,我们告别迪拜的奢华风光。我们将从这里启程前往巴基斯坦的第一大城市卡拉奇。

飞出阿联酋领空之后,我们跨越了伊朗领空的一段狭长地带,飞到了阿拉伯海之上。

"齐活儿了。"我对大伙儿说,"这一趟太平洋、大西洋、印度洋,三大洋咱们全部飞了一遍。"

"还有四大洲,"梁红接话道,"亚洲、北美洲、南美洲、非洲。"

"不容易,"小白感叹,"居然已经飞了这么远了。"

"飞了这么远了,就说明快到家了。"我也有点儿感慨。

飞着飞着,居然就飞了这么远。虽然做了那么久的准备,付出了那么多的心血学飞行、改飞机,虽然出发的时候怀揣着要完成中国人驾驶中国飞机进行第一趟环球飞行的梦想与目标,可是从哈尔滨出发的时候,在每一站飞行的时候,我并没有笃定的决心和一定能完成环球飞行的信心。

或许我们会被白令海拦住;或许我们过不了大西洋;或许一颗螺丝松动,一处机械故障,我们就要被迫返航;或许遇到一团积雨云、一股强气流,我们就跌下去了……

这些状况,我们都遇到了,每一次都可能提前终结我们的

environ球飞行征程,甚至让我们丢掉性命。但是,我们每一次都成功地克服并跨越过去了。

　　就这么一次一次、一站一站,我们居然真的已经飞了这么远,飞到了离家这么近的地方。

错过的月亮

阿拉伯海上空的最后一丝亮光散去,我们再次迎来夜航。

这一趟有点儿赶路,今天晚上我们必须入境巴基斯坦,赶到卡拉奇,要不然明天从卡拉奇飞印度孟买的航权就过期了。

这一段的航权是极难申请的,我们具备了印度不愿意让我们进入的所有条件:飞行器的编号是中国的,起飞地是印度的交战国……所以这一段航权我们提前半个月就在申请,印方也多次拒绝我们的申请。可是如果不飞印度,我们就要么飞喜马拉雅山脉,要么多绕10 000多公里从俄罗斯走。

所以,不能让这个航权过期。

比较幸运的是今晚阿拉伯海上空的天气很好,只有很薄的云。从天刚黑下去那会儿开始,开了仪表飞行之后,梁红就不时地探头在天空中寻找月亮。这一程已经是我们的第五次夜航了,但我们一次都没有在天空中遇见月亮,不得不说是一件憾事。

像寻隐者不遇似的,直到我们已经能够看见地面卡拉奇的灯光了,月亮还是没有露面。

我宽慰梁红:"这事儿不能刻意而为,等咱们不找它的时候,没准儿它就自己升上来了。"

"但愿吧。"她有点儿失落地说,"不过咱们没剩下几站了,不知道还有没有夜航的机会。"

"傻丫头。"我说,"放心,我能带你摸云彩,就一定能带你在天上看月亮,伸手摘星星。"

梁红张嘴甜笑,她吃我这一套哄。

根据塔台指令,我们稳稳地降落在卡拉奇机场。虽然还没回到中国,但是落地巴基斯坦,心里就莫名其妙觉得亲切、踏实。

简单吃了一顿,我要求大家今晚必须早睡。飞印度孟买的落地许可明天下午就过期了,我们要起个大早。

黎明时分出发的时候,我还特意看了看东边的天空,如果月亮这会儿还挂在那儿的话,多少能弥补梁红的些许遗憾,可惜灰暗的天空中依然空空如也。

走完再熟悉不过的流程,"超级白"迎着日出爬上了天空。我们一路往南向孟买飞去。

这一路飞得波澜不惊，天气淡定，飞机淡定，我们的心里更淡定。路上遇到一股顺风，我顺势给油，把地速推到了每小时334公里。这又是一项我们的新纪录。

快到孟买的时候，蓝蓝的大海就变成了褐色，一直很好的能见度就开始变得差了起来，霾越来越浓，能见度越来越低，导致我们落地的时候做了一个盲降。

赶在落地许可过期前两小时，我们顺利落地孟买机场。

落地之后，很快进入了停机位，然后我们就发现机场和我们的地面代理公司对接得乱七八糟。对方让我们先加油，说私人飞机的油料保障在下午5点前停止。我们就申请了加油，结果对方告知我们，私人飞机加油得在5点后才能申请……

在准备做落地检查的时候，他们通知我们得去维修机坪做落地检查。等我们到了维修机坪，那边又说我们的飞机太大，让我们回原定机坪做检查……

到了5点半的时候，加油车来了，我们开始加油。因为航程不远，我们只加了一吨半的油。在我们加完油、扣好盖儿准备出机场的时候，代理又来通知了，让我们将飞机挪到隔壁机位……

我们只好又拆了蒙布，再上飞机，然后向塔台申请发动。结果塔台说我们只挪一个机位，不批准我们发动，让我们

第九章
回到亚洲

请拖车……得,那就请拖车吧。结果,这座机场没有我们这个机型飞机的拖车。代理公司说,那你们就推吧……

调整重心,七个人在高温下折腾了一个小时,才把飞机推过去。

"在网上总看到有人说印度人爱吹牛,宣称孟买机场是世界上最繁忙的机场,平均每分钟起降一架飞机,说这儿比上海浦东机场还阔气。"我说,"咱们今儿在这里好好看看,回头给他们扫个盲。"

小白说:"这里是个单跑道机场,它能不忙吗!就一条跑道,当然得排着队一个一个地飞。"

在孟买住了一宿。晚上看第二天的航线气象图,图中显示印度中部下午有雷暴天气。我们明天又得赶路了。

"你们得飞快点儿,航路上有雷暴。"代理公司通知。

已经飞到祖国跟前了,我有意识地去尽量避免发生意外。除了飞机故障之外,规避险情的最好办法就是避开一切的不利天气。

出发前回到机场停机坪一看,我们昨天费劲巴拉地推着挪出来的隔壁停机位空空如也,并没有停飞机。

"这他妈……"我都忍不住要爆粗口了。

顺利但是不顺心地从孟买离场,我们往东直奔印度中部城市那格浦尔。这一段我全程油门都给得很足,基本就是满速飞。到达那格浦尔机场的时候，天空一团和气。不错，这回我们跑到雷暴天气前面了。

在这里短暂经停之后，就起飞转场印度的加尔各答。

不知道是回到亚洲之后老天爷眷顾，还是"超级白"也回家心切，这几程我们都飞得非常顺利，没有遇到糟糕的天气，飞机性能也一直维持得很棒。

路上小白跟我闲聊："老大，这一趟'超级白'也折腾得够呛。回去了，飞机你打算怎么弄？"

"让它光荣退休呗。"我说。

"怎么退休？"小白好奇。

"现在还是秘密。"我说，"我给它找了个好去处，到时候你就知道了。"

第九章
回到亚洲

最后,最后的最后

"跟印度说再见,咱们要去东南亚了。"当"超级白"离开加尔各答机场飞到孟加拉湾上空的时候,我对梁红说。

梁红一边维持着飞行姿态,一边说:"老张,我问你个问题。你说,怎么才算真正意义上的'超级白'回家?是进了中国就算呢,还是到了北京或者哈尔滨才算?"

"当然是进了中国就算。"我说,"北京是咱们俩的家,哈尔滨是'超级白'身份证上的家。但是,我们这次出来要做的事情是什么?是中国人驾驶中国制造的注册在中国的飞机完成环球飞行。听到没?中国飞机,这才是'超级白'真正的户口本儿。"

我们要把"超级白"变成第一架中国制造的完成环球飞行的飞机。

脚下是平静的孟加拉湾,天上的我们心情却没法儿平静。还有最后两站地，我们就回国了。转眼三个多月过去，越到家门口，越泛起乡愁。

最后的这几程一直飞得很顺利，我们在飞机上操控驾驶，精神没那么紧张，但总是容易分神，想起这一路走来的点点滴滴，然后便心潮涌动，开始多愁善感，伤春悲秋。

"我看见机场跑道了。"梁红说。

我伸头向下看去，缅甸首都内比都已经近在眼前，但是并没有看到机场的跑道。我说："你什么眼神，这都能找到跑道？"

"太阳下有点儿反光。"梁红说着，抬起左手指给我看，"那道白色的光看见没？那就是跑道。"

这回瞅着了，小白那边也实时传来塔台的进场指令。

一通标准化操作，顺利落地内比都国际机场。那会儿我其实真不想停，要是航线能现场批下来，我们就直接转场飞几个联程，跨越泰国、老挝、越南，一口气飞回中国去。

这会儿在国外等待的每一刻，都让人心急如焚。之前，每一趟都飞得很累，落地了总嫌休息的时间不够，第二天又要起早赶路。到了这儿就睡不着了，眼巴巴地盼着航空代理公司早点儿把航线和落地许可发过来。

在缅甸度过煎熬的一夜，我们离场前往在国外的最后一站——老挝万象瓦岱国际机场。

侣行 IV 云上六万公里

"我们做到了！"

♀︎ 回到祖国的领空

"超级白"的归宿

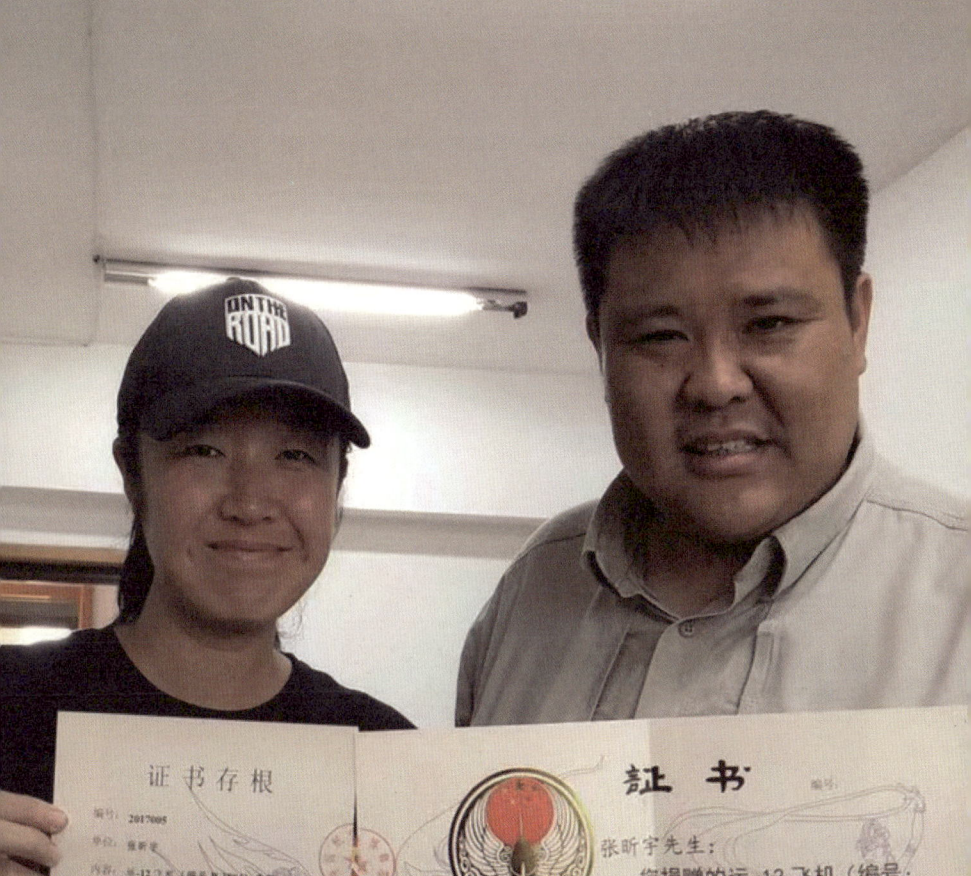

📍 飞越红海之后，遇到沙漠风暴

📍＿ 回到亚洲

📍 掠过棕榈岛

📍__ 落地北京,回家了!

📍 沙漠里的迪拜

第九章
回到亚洲

起飞后,平时轮流执勤、睡觉的后舱的几人,到了今天这最后一段航程,都绷不住了,也没有困意了,大家开始胡诌乱侃,互相逮着开涮。

这样也好,让这最后的一段路显得不那么漫长。

稳稳地完成在境外的最后一次降落,把"超级白"停在了万象瓦岱机场。到了这儿,我们所有人干什么、说什么,突然都不自觉地把"最后"俩字加上。那种归心似箭的心情,溢于言表。

进入亚洲后顺畅了一路,在归国前的最后一站,"超级白"终于又出了毛病:液压系统漏油。

这家伙还真是"有始有终"。还记得我们出国的第一站,落地南萨哈林斯克的时候,就是液压故障导致刹车失灵。现在到了回国前的最后一站,还是液压出了毛病。

拿来工具我尝试动手修理。症状是液压油顺着螺丝接口漏了出来,造成液压系统压力不行,这个故障会直接导致飞机没有刹车,无法降落。在哥斯达黎加偶遇"超级白"20多年前的工程师时,他就说这个液压的问题是B-3804的"老毛病"了。20多年前就存在,是个"顽疾",还不太好祛除。

飞行是个严谨的事儿,有些故障你可以带着飞,有些故障你决不能带着上路。离家越近,越得小心。我曾经说过,行百里者半九十,不到那百里的终点,走到九十九点九里都是零。

给副驾的情书

坐在机舱里抬头朝东北方向望去,晴朗的蓝天之上除了有些飘浮的淡云,再无一物,可心里感觉那个方向仿佛有个无形的信标,在指引我们的归程。

"丫头,你感觉怎么样?"我饱含深意地看了一眼身旁的梁红,又一次问出了这个问题。4个月前从哈尔滨太平机场出发首飞时,我也问了她这个问题。

返程在即,这会儿我脑海里浮现的不是一路走来的惊心动魄和生死时刻,而全是身边这个女人的影子。

曾经一起走过那么远的路,我都铭记在心。以前我们是伙伴,是情侣,是夫妻。这一次,在快到40岁的年纪,她跟着我跑进大兴安岭学开飞机,跟着我一起进行超常人五倍的训练,成了飞行员,成了我的副驾驶搭档。

在天空之上,面对老旧的飞机、繁杂的仪表,她把自己

第九章
回到亚洲

变成了一台有温度的人工智能机器，替我监控仪表，接手操控，预防险情。在天空之上，我会冷静，也会激进，冷静时她是个静默的副手为我护航，激进时她又变成了等待我冷却的保险丝。40多站累计300多个小时的飞行时间里，我有疲惫、懈怠、走神的时候，她却用全程的一丝不苟和像自动驾驶系统般的精确操控，托底这架飞机的分秒安全。危难时刻，我的刹那慌乱、焦虑、紧张等情绪，不必言说，她就能从我一个变化的语调、一个变化的表情，读懂一切。然后，她会用独力担下飞机的操控，给我争取缓和、恢复的时间和空间；用一句话语或者一个笑容，来抚平、修复我波动的情绪。

某些时候，我甚至觉得我们俩变成了一个人。她是我监控仪表的第三只眼，她是替换我操作飞行的又一双手，她是平衡我情绪的右脑，她是我身体疲惫时的清醒灵魂，她是我在生死抉择时刻的另一条命。

我没法儿对她说出很温柔的话语，划过指尖的云朵是一份浪漫的礼物。我还想用这趟环球飞行的圆满落幕，当作写给她的一封情书。

"谢谢你，梁红。"脑海里万语千言，这会儿我只能微笑着轻声说出这五个字。

她有点儿迷糊地看了我一眼，瞅着我满脸一本正经，似乎很快便读懂了我方才在心底里的那一番肺腑演绎。她温柔一笑，说："准备好了就飞吧，咱们回家。"

点火，发动引擎，推杆，滑行，给油，加速，拉升。"超级白"也像个归心似箭的孩子，这最后的起飞脚步没有丝毫的迟疑、停滞，一飞冲天。

我们一起回家。

第九章
回到亚洲

"我们到中国了!"

天空之上没有国境线上的界碑,眼前飘过的几朵"故乡的云"竟会让人有熟悉感。我们进入中国领空了!

"按说我不算是个特别恋家的人啊,"我对梁红说,"怎么这会儿我就有种按捺不住的感觉呢?"

"我也是,心里一直'扑通扑通'的,不是紧张,就是特别兴奋。"梁红笑着回答。

小白也插话:"谁不是呢,都一样。"

家国情怀啊,故乡情缘啊,人的情感就是很奇妙,不管古今,千百年来所有人都能共情。不能说没来由,但是又很难找到实际的情绪燃点;它们就是一直隐藏在心里的某个角落,然后在某个时刻突然爆发,让人没法儿抑制,简直要情难自禁、热泪盈眶。

小白正在和空中管制通信,从一通英文指令里我好像突然听见了中文。我忙问:"是不是串台了?你们刚才有没有听见中文呼叫?"

"我也听到了,没串。"梁红笑着说,"大家注意了,老张要开始霸占无线电了。"

是广西南宁的空中管制。自白令海之后再次在电台里听见中文,我浑身就起鸡皮疙瘩了,激动得不行。我连忙打招呼:"您好,南宁空管,这里是B-3804。我们是环球飞行回来的,刚刚飞进中国。"说了一路的"Bravo-Three-Eight-Zero-Four",这会儿终于可以报"超级白"的中文编号了,"三八洞四"。

"B-3804,恭喜你们。"空管说。

"谢谢,谢谢。"我把电台对话权交还给小白,交代他说,"你接着唠,多唠唠。我就想多听听别人说中文,亲切。"

过了一会儿,小白又叫我:"老大,还是你聊吧,这个空管有点儿皮,适合你。"

"啥?皮?"我说,"让我来会会他。"

"您好,这里是B-3804。"我开始对话。

"您好,B-3804。这一趟你们玩儿得很high(开心)呀。"空管回复,确实有点儿皮。

"high是high,但是太难了。"我说。

第九章
回到亚洲

"都过去了,已经回国了。"那边说,"B-3804已经很厉害了。"

整个机舱的人这会儿都不淡定了。坐在驾驶座上,我都不自觉地摇头晃脑起来,要不是空间太窄,我真想跷起二郎腿来抖。

"您好,B-3804,这里是广东省空中管制。"电台里又有空管接入。回国了就是好啊,无线电都热闹了。在外面的每个国家几乎都只能接到一个空管和一个地面塔台,还有在塞拉利昂的时候,那边的人把我们晾在一边不管。而回国后入境这么一小会儿,广西壮族自治区的、广东省的,先后都接进来了。

飞过珠江,快要跨深圳湾的时候,深圳的地面塔台也接进来了:"B-3804,这里是深圳宝安进近塔台,请您汇报航向和高度。"

"航向90,高度4500英尺。"小白答。

"收到,B-3804。请按航向到达本场,16号跑道批准降落。"塔台回复。

前轮接地,"超级白"踏踏实实地落在了祖国的土地上。我一边把着操纵杆,一边用近乎嘶吼的声音喊了出来:"到中国啦!"

后来梁红说,我当时吼出这句话时,脸上是一副"恶狠狠"的表情。那一刻我心里的情绪太多、太复杂,其中有一路艰难、久经磨难之后的发泄,有长期精神紧张、心理焦虑之后的释放,还有万里游子重归故土时的宣告。

整个机舱里,全是掌声和欢呼声、口哨声。我们到中国了!

第九章
回到亚洲

"欢迎回家!"

深圳、武汉、北京、哈尔滨,这是我们最后的航线,回到中国,飞越中国。

离开广东一路向北,在武汉经停、加油,博雅抱着鲜花,拎着热干面和油焖大虾,在天河机场等着我们。

"要不要再体验一程?"我跟他开玩笑说,"这回在飞机上给你个新岗位,专门负责剥小龙虾。"

脚下是广袤的江汉平原和华北平原,很多地方我都实地去过,下方的山山水水都让我感觉无比熟悉。相继飞越长江和黄河,北方的天相比南方,颜色要淡一些。

收到大王庄VOR(伏尔)信号,就意味着快到北京了。无线电里的声音逐渐多了起来,在耳机里能够听见国航、南航、东航的声音。

近了,北京近了。回了国,马上就要回家了。

15分钟后进入廊坊上空，我的左前方50公里就是首都机场。我很想落在首都机场，但是因为我们的飞机进近速度慢，有可能会对后面排队的飞机造成挤对，所以我们选择落在平谷石佛寺机场。

那里的跑道长度为700米，近空不太好，跑道两头都有树。联系的时候那里还没有落过我们这么大的飞机，有效滑翔距离650米，重量4吨半，落地时多飘100米或晚接地，就得复飞。

最开始机场直接拒绝了我们的降落请求，说接待能力不行，不能满足运-12的降落条件——迄今为止，那儿都没落过我们这么大的飞机。

我只能反复沟通，说我们做了很多方案，也做过短跑道降落的训练，如果有问题，我们立刻复飞。

"那行吧，你们要自主掌控飞行安全。"我们这才算到了北京有地儿可以落了。

进了南五环，虽然俯瞰下去北京城就像是个巨大的积木模型，我却能很容易地认出那些刻在我成长记忆里的建筑。我拉着梁红，让她一起往下看："看那儿，丰台体育馆；还有那儿，新发地；右边，国际饭店……"

当月坛北街出现在视野里时，我却突然安静下来，试图在那里寻找一个胖小子和一个扎着麻花辫蹦蹦跳跳的小姑娘。那

第九章
回到亚洲

一刻，我特别想拉开舱门跳下去。

我们从北京的空中管制那里咨询到了平谷石佛寺机场的塔台频率。

"电台频率调到127375，"我说，"我来对接。""石佛寺塔台，您好，这里是B-3804。"我说。"回答B-3804，这里是石佛寺塔台。"塔台回复，我又乐开了，这不仅是中文，还是咱老北京的乡音。"您好，终于联系上了，我们现在距石佛寺还有15公里。"我说。"收到。本场可以降落，现在是180度风，风速每秒2米。"塔台指挥告知我们机场状况。"收到，谢谢。"我说。

"欢迎回家！"塔台通信里的这最后一句话，让我的情绪一下子就绷不住了。我张了张嘴，却吐不出声音。我使劲儿地努着嘴，还是有泪水不争气地从眼角流了出来。

机场那边让在场的所有小飞机停止起落训练，全部离场去执行空域训练。就算这样给我们腾地儿，从空中看过去，机场也确实很窄、很短，进近还有高压线、树丛。三转弯的时候，我把飞机的速度调到了当前形态下的最小值，以最慢的速度对准跑道，机腹掠过树丛时，离树梢最多只有1米的距离，做了一个"阿富汗式"落地。

下高度，减速，接地，拉反桨……"超级白"落在了石佛寺机场的跑道上。在往前滑行的过程中，我看到跑道两旁站了很多人，一张张熟悉的面孔。我们的家人、朋友、团队的全体成员……我不想用太多的身份名词来记录他们，其实只用一个词就足矣，"家人们"都来迎接我们回家了。

塔台指挥说："漂亮，动作不错。欢迎回家！"

飞机完全静止下来后，我没有像往常一样立马开始落地程序，开始关各种开关，和梁红对落地检查等，而是把双手从操纵杆上拿下来，低下了头，开始抹眼泪。

有个词叫近乡情怯。那会儿我心里各种情绪都纠缠在一起，感动、委屈、自豪、心疼自己和梁红，等等，说不上来哪种情绪占据了主导，一直在心头交替乱窜。这让我一时有些无措，不知道说什么，也不知道做什么。

静坐了两分钟，我才用带着点儿哭腔的声音，按照操作程序开始和梁红对落地检查。她的声音里也带着哽咽。

来迎接的"家人们"已经纷纷簇拥到了飞机跟前。经历了那么多的事儿，飞机故障、恶劣天气、生死抉择，我都敢说自己一次没怵过。但是这会儿，我却始终没有勇气打开舱门下去。

直到石佛寺机场的塔台指挥上前拉开舱门，我才迅速地用袖子抹了一把眼泪，然后赶紧挤出一个笑容，出了飞机。

一张张熟悉的面孔近在眼前，一捧捧鲜花塞进了我们的怀里。现场人多，有些嘈杂，但是我能听清楚所有人说的其实是同一句话："欢迎回家！"

第九章
回到亚洲

"超级白"的归宿

哈尔滨，我们的起点，也是我们的终点。

这是我们环球飞行的最后征程，回到出发时敲下第一个字符的地方，带着这一路的飞行经历、故事与记录，去画上那个圆满的句号。

经历过飞行万里之后归国落地深圳和北京"回家"这两场复杂情感交汇爆发的飞行，在飞哈尔滨的最后一程中，我们的情绪相对平静了很多。

在这最后的一站，我们更像是在参加人生大考的学生，经过十年寒窗、悬梁刺股，目前已经解出了考卷上最难的那一道大题，这场考试我们已经胜券在握。还剩下一点儿时间，再做一遍最后的检查，也可以回味一下这漫漫求学和实践路上的节点时刻，然后等到铃声响起，我们在考卷上郑重写下自己的名字，再起身无憾地离开考场。

"超级白"和过去的一百多天四十几次在世界各地的陌生机场降落时一样，稳稳地落在了哈尔滨太平机场的跑道上，回到了它的"家"，回到了它出发的地方。

它和我们并肩作战的行程结束了。这普通如往常的一落，便是我们一直在期待的那个圆满句号，意义非凡。

历时4个月，航程60 000公里，穿越三大洋、四大洲，四过赤道，43站穿过地球的所有纬度地区，途经24个国家、42个起降点——中国人驾驶中国制造、注册在中国的飞机完成环球飞行，我们做到了！

百年环球飞行史上，自此有了中国飞机和中国人的名字。

创造历史纪录的时刻，我和梁红反倒很平静，于我们而言，此时这个纪录似乎已经不是最重要的了。我们梦想去做一件事情，并为之付出努力，然后并肩携手，不离不弃，共渡难关。我们一起去经历的那个过程，才是最宝贵的。

到了这儿，我终于可以说出当初在飞机上所说的关于"超级白"退休的秘密了。

我们并没有将它留在哈尔滨，而是运回了北京，并将它捐赠给了中国航空航天博物馆。

去捐赠"超级白"的时候，我有些不舍，60 000公里飞下来，它在我和梁红的心里早已如我们的宝贝伙伴一般，难以

第九章
回到亚洲

割舍。

到了中国航空航天博物馆我们才知道，这儿不是谁都有资格捐赠的。博物馆的相关人员跟我们说，停在这里的每一架飞机都有着独特的历史意义和故事。当得知"超级白"将是中国历史上第二架民间捐赠的飞机，而第一架是抗战时期常香玉先生捐赠的时，我和梁红都确认，这里就是"超级白"最好的去处。

20多年前，"风华正茂"的"超级白"曾意气风发地飞翔在罗布泊和塔克拉玛干沙漠的上空，是护航共和国科考的"功勋机"。退役多年后，我们把它从落灰的机库里找了出来，经维修改造，让它面貌一新地重出江湖，再上云霄。这一次它奔赴了更远、更高的天空，也经历了更为严酷惨烈的考验，然后带着更大的荣耀回国。

"超级白"再次退役——不，退休了。

中国航空航天博物馆，这里，便是"超级白"B-3804的最终归宿，在世界环球飞行史上留下浓墨重彩的它，将在这里永久展出。